©최강수

김중혁

경북 김천 출생. 2000년)문학과사회①에 중편소설「펭권뉴스」를 발표하며 작품 활동을 시작했다. 소설집『펭권뉴스』,『악기들의 도서관』,『일층, 지하 일층』,『가짜 팔로 하는 포옹』, 장편소설『좀 비들』,『미스터 모노레일』,『당신의 그림자는 월요일』, 산문집『뭐 라도 되겠지』,『모든 게 노래』,『메이드 인 공장』,『바디무빙』등이 있다. 김유정문학상, 이효석문학상, 동인문학상 등을 수상했다.

KB108955

나는
농담이다

오늘의 젊은 작가 **12**

나는
농담이다

김중혁
장편소설

민음사

차례

1부

기체의 위아래가 3도 틀어져 있다. 반복한다. 3도 어긋나 있다. X-40, 들리나?

— 들린다. 관제 센터, 말해라.

현재 상태 파악하고 있나? 바깥으로 보이는 게 있나?

— 좌측으로 서비스 모듈이 붙은 기체가 보인다.

킬고어호일 거다. 지금 분리하면 킬고어와 충돌할 수도 있다.

— 기다릴 시간이 없다. 분리하겠다.

X-40, 대기해라. 아직은 안전하지 않다.

— 지금 분리하지 않으면 궤도를 맞출 수가 없다.

반복한다. X-40, 매뉴얼대로 행동해라. 대기해라.

― 꼬리에 불이 붙었다. 언제 옮겨붙을지 모른다. 기내 산소가 유출되고 있다. 선실의 압력을 낮췄다.

그 상태로 출발하면 각도가 틀어져 진입해도 고열차단막의 보호를 받을 수가 없다.

― 기다릴 시간이 없다. 수동으로 조정해 보겠다.

X-40, 정거장에 신호를 보냈다. 잠시 대기했다가 캡틴의 지휘를 받도록 해라.

― 이쪽으로 넘어오면 둘 다 위험해진다. 부조정 칸에서는 수동 조정이 불가능하다. 혼자 해 보겠다.

대기해라.

― 관제 센터 들리나, 분리하겠다. 다시 한 번 말한다. 분리하겠다.

알겠다. X-40, 승인한다. 분리 시도해라.

― 행운을 빌어 달라.

X-40, 행운을 빈다.

관제 센터, 들리나?

고요하다.

사령선은 시야에서 사라졌다. 계기판도 먹통이 됐고, 수신되는 메시지도 없다. 기내 산소량은 25퍼센트. 수동 제어하고 있지만 방향을 확인할 수 없다. 우주복의 생명 유지 장치는 이상 없다. 앞으로 12시간은 버틸 수 있을 것 같다. 급하게 나오느라 자살 캡슐을 챙겨 오지 못한 게 안타깝다. 농담이다. 마지막까지 신나게 즐기다 가겠다. 만약 관제 센터가 메시지를 받을 수 있다면, 동료들에게 꼭 전하고 싶은 말이 있다. 당신들 잘못이 아니야. 내가 선택한 길이니까, 후회는 없어.

녹화는 계속하겠다. 달리 할 일도 없으니까. 영상 녹화가 되고 있는지 알 수 없으니 눈에 보이는 것들을 이야기하겠다. 사고 당시의 상황은 아직도 정확히 파악할 수 없다. 미소 운석이 날아들었던 것인가. 사령선에는 이상이 없길 바란다. 부유물들이 눈앞으로 계속 지나가는데, 내가 떨어지고 있는 건지 위로 올라가고 있는 건지 알 길이 없다. 여긴 위아래가 따로 없다. 암흑 속에 있으니 내가 점점 커지고 있는 듯한 기분이 든다. 우주가 계속 팽창하고 있고, 나도 우주 속에 있으니 커지는 게 당연한지도 모른다. X-40이 안정되면 바깥으로 한번 나가 볼 생각이다. 컴퓨터가 고장 났을 때 머리를 한 대 쥐어박으면 다시 돌아올 때가 있다고 들었다. 나가서 한 대 쥐어박으면 정상으로 돌아올지 누가 알겠나. 우주정거장에서 시간 날 때마다 창에 찰싹 달라붙어 우주를 바라봤는데, 이럴 줄 알았으면 지구에 있는 친구들이랑 화상통신이나 더 할걸 그랬다. 다들 잘 지내고 있겠지? 친구들, 올해 크리스마스카드는 못 보내겠어. 내 말 들리나?

백퍼센트 코미디 클럽, 5월 3일

제 이름은 송우영이고요, 직업은 스탠드업 코미디언입니다. 서 있을 때만 웃기는 건 아니지만, 서 있을 때 가장 웃긴 건 확실합니다. 앉아서 대화를 나눌 때 이야기가 잘 풀리지 않으면 일어서는 상상을 하는데요, 상상만으로도 이야기가 잘 됩니다. 이야기라는 놈은 직선으로만 움직이는 모양이에요. 그런 면에서 전파를 닮았죠. 우리가 빌어먹을 인공위성들을 만든 이유가 뭡니까? 전파는 무조건 직선으로만 움직이니까 그걸 지구 반대편에 보내기 위해 반사를 시킨 거잖아요. 제가 하는 이야기를 잘 듣고, 다른 사람들에게 전달하세요. 그러면 여러분이 인공위성의 역할을 대신하는 겁니다. 자, 모두들 인공위성을 하늘로 올려 볼까요? 아, 여기 앞에 앉아 계신 분은 아폴로 13호를 닮았네요. 얼굴이 터질 것 같아요. 얼굴이 터져도 나사(NASA)를 탓하지는 마세요. 그 사람들이 무슨 죄가 있습니까.

서 있을 때 농담이 잘 터지니까 평생 앉을 수 없도록 다리에다 부목을 댈까도 생각했어요. 누군가 다가와서 왜 자리에 앉지 않느냐고 물으면 바지를 걷고 슬쩍 부목을 보여 주는 겁니다. 그러곤 난처한 표정을 짓습니다. 그 사람은 당황하겠죠. 이거 어쩌지, 내가 환자한테 실수했네, 그러면서 미안하다고 말하겠죠. 그 사람은 집에 돌아가 저녁을 먹으며 제 이야기를 할 겁니다. "내가 웃기는 얘기 하나 해 줄까? 낮에 장애인 한 명을 만났는데, 그런 경우는 처음이야. 일어서지 못하는 장애인은 봤는데 그 녀석은 앉지를 못하더라고. 예수님이라도 곤란했을 거야. 앉은뱅이를 일으킬 수는 있어도 서 있는 놈을 어떻게 앉히겠어. 그런 건 깡패들이나 할 일이지. 하하하." 남자는 자기가 유머 감각이 있다고 생각하겠죠. 식사가 끝나면 팝콘을 먹으면서 텔레비전을 보다가 잠이 들 겁니다. 제 꿈을 꾸겠죠. 아까는 미안했어요, 형제, 평생 서 있어야 하는 사람에게 앉으라고 했으니 얼마나 미안한 일입니까. 꿈에서라도 좀 쉬세요. 여기 앉으세요. 꿈속에서 저는 부목을 걷어 내고 자리에 털썩 주저앉을 겁니다. 앉아서 이렇게 말할 거예요. "나를 이렇게 주저앉혔으니 평생 책임을 지셔야 할 겁니다. 엉덩이를 대 주든지, 아니면 나를 먹여살리든지. 내가 함부로 앉지 않는 데는 다 이유가 있는 법이에요. 자, 얼른, 여기나 잘 빨아 봐요. 꿈인데 뭐 어때요. 그래요, 거기."

스탠드업 코미디로 먹고살 수는 없습니다. 여기 클럽 무대에 매일 서도 돈벌이는 별로예요. 사장님 들으라고 하는 소리가 아닙니다. 형편이 그래요. 누군가를 울리는 재주가 있으면 먹고살 수 있지만, 웃기는 것만으로는 부족합니다. 웃기려면 눈물 나게 웃겨야 한다는 거예요. 그게 쉽겠어요? 지금 여기 앉아 계신 분들도 혹시 웃다가 눈물이 찔끔 나면 테이블에 팁이라도 얹어 주시기 바랍니다. 제가 낮에는 컴퓨터 A/S 기사로 일하는데요, 돈 벌 목적도 있지만 다른 사람들 집에 가는 걸 좋아합니다. 아무도 파티에 초대를 안 해 주니까 사람들 집에 가는 걸 직업으로 삼은 거죠. 인테리어 구경도 하고 컴퓨터 구경도 하고, 컴퓨터 안에 뭐가 들어 있는지 슬쩍 보기도 하죠. 사람들은 컴퓨터를 고치는 일이 시간이 많이 걸린다고 생각하지만 사실은 간단하거든요. 확실한 방법 하나 알려 드릴까요? 껐다가 다시 켜 보세요. 절반은 그걸로 고칠 수 있어요. 사람도 마찬가지입니다. 애인과 헤어져 괴로워하는 친구가 있으면 불러낸 다음 몰래 수면제를 먹여요. 다른 짓은 하지 마시고요. 그 친구가 "대체 나한테 뭘 먹인 거야?" 깨어나서 이렇게 소리를 지르면 조용히 한마디 해 주세요. "어이 친구, 입

닥치고 고맙다는 인사나 해. 슬립 모드로 쉴 수 있게 해 준 거니까." 친구가 몸이 아주 가뿐해졌다고 얘기할 거예요. 그러면서 이렇게 말할 거예요. "아, 꿈에서 뭘 계속 빨았는데, 그게 뭔지 모르겠어." 나한테 그러더라고, 꿈인데 뭐 어때?

어제 꿈을 하나 꿨어요. 뭘 빠는 꿈은 아니었고요, 제가 벌레가 되어 있는 겁니다. 사과 위에서 꿈틀, 꿈틀, 거리면서 기어가는데 사과가 얼마나 큰지, 한숨만 나오더라고요. 배가 고파서 사과를 갉아 먹기 시작했습니다. 달착지근하니 맛있더군요. 꿈에서도 맛있는 건 느껴져요. 갉아 먹다 잠이 들고, 잠에서 깨면 또 갉아 먹고, 꿈을 꿨는데 그 속에서 잠이 드니까 잠에 빠져서 또 꿈을 꿀 수 있겠더라고요. 그렇게 계속 갉아 먹었어요. 며칠이나 지났을까 환한 빛이 제 눈앞에 펼쳐졌어요. 드디어 사과를 관통한 겁니다. 사과의 한가운데에다 제가 길을 만든 겁니다. 저는 두 팔을 높이 쳐들면서 환호를 하려고 했는데 팔이 없어요. 소리를 지르려 했는데, 입이 어디에 있는지 잘 모르겠어요. 문득 제가 온 길을 돌아봤습니다. 벌레 구멍이 좁고 길게 뻗어 있더군요. 그런데 가만히 들여다보니까 반대편 끝에 뭐가 있어요. 자세히 보니 거기에 내가 있는 거예요. 며칠 동안 사과를 갉아 먹었는데, 제기랄, 나는 왜 저기에 있는 거야? 지금 여기에 있는 나는 또 뭐야? 계속 반대편의 나를 보는데, 그 녀석도 나를 보더군요. 뭔가 얘기하고 싶은데 도무지 입을 못 찾겠어요. 잠에서 깨어나 제일 먼저 뭘 했는지 압니까? 오, 하나님, 당신을 욕할 수 있는 입을 주셔서 감사합니다. 나한테 이런 좆같은 시련 같은 꿈을 주셔서 감사합니다. 그리고 당신을 욕보일 수 있는 가운뎃손가락을 주셔서 감사합니다. 이렇게 서 있을 수 있는 것도 얼마나 감사한 일인지 모릅니다. 저는 스탠드업 코미디언이고, 어쩌면 벌레 구멍 건너편에 저하고 똑같이 생긴 앉은뱅이 루저가 있을지도 모르죠. 이제 입이 생겼으니까, 그 녀석에게 한마디 하죠. 어이, 루저 넌 나 따라오려면 멀었어. 난 여기서 하루 종일 서 있을 수 있다고. 선 채로 웃길 수도 있다고, 내 말 알아듣겠어? 난 좆나게 운 좋고 가운뎃손가락과 입이 달린 스탠드업 코미디언이라고.

자, 백퍼센트 코미디 클럽 밴드의 멋진 연주 들으시고, 저는 10시에 다시 무대로 돌아오겠습니다.

1

스탠드업 코미디언 송우영은 그날 10시에 클럽 무대에 서지 못했다. 바에 앉아서 관객이 사 준 맥주로 목을 축이다 어머니가 위독하다는 전화를 받았다. 후배에게 나머지 무대를 부탁한 다음 송우영은 곧바로 택시를 탔다. 누나에게 전화를 걸었지만 받지 않았다. 병원에 도착했을 때 어머니는 이미 눈을 감은 뒤였다. 누나는 병원 침대에 엎드린 채 울고 있었다. 송우영은 울음이 나지 않았다. 울음을 터뜨릴 수 있는 기회를 누나에게 뺏기고 말았다.

어머니의 장례식 후 사흘이 지나자 완벽한 고아가 됐다는 게 실감 났다. 어머니가 혼자 살던 집을 정리하는 내내 손끝이 저렸다. 송우영은 속으로 생각했다. 나는 이제 서른한 살의 고아가 됐고, 고아니까 피가 잘 통하지 않는 거고 고아니까 피조차 생기를 잃는 것이라고. 고아라서 그런 것이라고 생각했다. 어머니가 키우던 식물 하나가 말라죽어 있었다. 어머니가 아끼던 녀석이었다. 어머니가 지어 주었던 이름은 좀처럼 기억나지 않았다.

옷가지와 가방들은 분리수거함에 내놓았고, 큼지막한 가구들은 대형 폐기물 스티커를 붙인 후 내버렸다. 옷이나 가방을 사회단체에 기증할까 싶은 생각도 들었지만 어머니의 흔적을 최대한 빨리 정리하고 싶었다. 그래야 숨이라도 쉴 수 있을 것 같았다. 어머니의 물건은 많지 않았다. 노트 몇 권, 편지를 모아 둔 상자 하나, 평생 몇 번을 읽었을지 모를 닳고 닳은 성경책, 아끼는 귀고리만 골라서 모아 둔 보석함, 그리고 작은 모형 우주선 하나가 겨우 남았다. 어머니의 과거가 간략한 물건들로 압축돼 있었다. 송우영이 빌려주었던 CD도 몇 장 있었다. 잠이 오지 않을 때 들으면 좋을 만한 CD들이었다. 어머니가 그 CD들을 들었는지, 듣고 나서 잠이 들었는지 들지 않았는지, 송우영은 알지 못했다. 빌려주었다고는 하지만 CD는 이제 어머니의 것이었다.

송우영은 어머니의 작은 사진첩을 열었다. 많지 않은 사진이 한 사람의 연대기를 보여 주듯 특정한 시기를 상징하고 있었다. 어머니가 환하게 웃고 있는 사진이 눈에 띄었다. 커다란

비행기를 배경으로 어머니가 낯선 남자와 함께 서 있었다. 어머니의 전남편이었다.

어머니의 물건들을 커다란 귤 상자에 담아 둔 후, 송우영은 거실에 걸려 있던 다트판을 향해 화살을 던졌다. 화살은 다트의 끄트머리에 간신히 꽂혔다. 낮은 점수였다. 송우영은 다트의 점수에 큰 의미라도 있는 것처럼 다트를 계속 던졌다. 화살이 하나뿐이어서 계속 다트 보드까지 왔다 갔다 해야 했다. 한가운데 불스 아이를 맞히면 그만둘 생각이었지만 송우영이 던진 화살은 불스 아이 근처에도 가지 못했다. 낮은 점수들이 다트에 작은 구멍을 내며 쌓여 갔다.

다트는 어머니가 아끼던 물건이었다. 아버지는 다트를 몹시 싫어했지만 치워 버릴 수는 없었다. 다트 아래에는 '민간 항공우주개발센터 스페이스 블랙'이라는 이름이 적혀 있었다. 다트 보드는 어린 송우영의 손이 닿지 않는 곳에 걸려 있었다. 송우영이 다트를 처음 던져 본 것은 고등학생이 되었을 때였다. 몇 번 던져 본 후 송우영은 다트에 흥미를 잃었다. 서울에 있는 대학에 진학한 후부터 줄곧 집을 떠나 있게 됐고, 부모님을 만나러 왔을 때 가끔 던져 보곤 했다. 처음에는 화살이 세 개였는데 지금은 한 개밖에 남지 않았다.

다트는 어머니의 전남편이 남긴 유품이었다. 민간 항공우주개발센터 '스페이스 블랙'에서 일했던 그는 서른세 살에 사고로 목숨을 잃었다. 자동차가 난간을 받고 언덕 아래로 떨어졌고, 허공을 날아 곤두박질했다. 그는 우주선의 항공 엔지니어로 일했지만 한 번도 우주로 나가 본 적은 없었다. 송우영은 가끔 어머니의 전남편을 소재로 코미디를 하기도 했다. 잘 알지도 못하는 사람이었지만 코미디를 하고 나면 가까워진 듯한 느낌이 들었다.

백퍼센트 코미디 클럽, 11월 8일

　제가 아는 남자 중에 우주선 정비를 하는 사람이 있는데
요. 가까운 사람은 아니에요. 가깝다고 할 수도 있지만, 어머
니의 전남편이어서 나의 아버지이긴 한데, 저하고 핏줄이 섞
여 있지는 않으니까 그런 관계를 뭐라고 불러야 하나? 네, 그
냥 아는 사람이죠. 잘 알지도 못해요. 만나 본 적도 없어요.
들어서 아는 거죠. 이름이……, 흐음, 뭐였더라? 예전에 까먹
었죠. 아무튼 그 남자는 평생의 꿈이 우주비행을 하는 거였
는데, 우주에 한 번도 나가지 못하고 자동차 사고로 죽었어
요. 차가 난간을 들이받고 벼랑 아래로 떨어지는 3초 정도 하
늘을 날았던 게 비행 경력의 전부였습니다. 웃지 마세요. 실화
예요. 이거 진짜 살벌하게 슬픈 얘기라고요. 코미디언이라고

무조건 웃긴 얘기만 하는 건 아닙니다. 생각해 보세요, 얼마나 슬픈 이야기입니까. 평생 법 공부를 하다가 판사가 됐는데 첫 번째 재판에서 심장마비로 죽은 사람이랑 똑같은 거예요. 망할 재판봉 한번 못 휘두르고 죽은 거라고요. 10년 동안 산에서 여자를 유혹하는 기술과 붕가붕가 잘하는 능력을 터득하고 내려왔는데, 내려오자마자 남자놈들한테 후장을 따먹힌 거랑 같은 거라고요. 남자가 이렇게 소리 지르겠죠. "야, 이 망할 놈들아, 너희들 먹으라고 키운 게 아니란 말이다."

아는 사람이, 그러니까 그 아버지가요, 아니, 그 아버지가 아니라 내 아버지는 맞는데 정확히 아버지는 아닌, 그 아는 사람이 어머니에게 유품으로 남긴 게 하나 있는데요, 그게 바로 다트였어요. 다트 알죠? 좀스럽게 생긴 화살 들고 입을 이렇게 막 뭉그러뜨려 가면서 '피이이이옹' 던지면, 점수를 계산하기 힘들게 하려고 모양을 이상하게 만들어 놓은 판에 가서 박히는 게임이요. 아니 무슨 게임이 그렇게 복잡해! 왜 원의 가운데보다 끄트머리에 맞혔는데 점수가 더 높은 거냐고! 이게 무슨 도미노피자 끄트머리에 들어간 치즈 맞히는 게임이야? 그럼 도미노 게임이라고 부르지 왜 다트라고 부르는 거야.

그 사람이 어머니에게 물려준 다트 보드의 불스 아이에다가(다트 보드 한가운데를 불스 아이라고 불러요.) 어마어마하게 굵은 다이아 반지를 박아 놓은 겁니다. 맞아요, 개뻥이에요. 아무엇도 없어요. 한가운데 구멍이 뻥 뚫려 있는 거 말고는 특이한 게 없어요. 배경 그림이 특이하긴 했어요. 배경이 은하계였거든. 누가 항공 우주 전문가 아니랄까 봐 그런 배경으로 다트를 하더라고요.

그건 솔직히 신성모독 아닌가 몰라요. 그 다트가 바로 하나님이 쓰던 다트거든. 하나님이 천지창조를 할 때 다트를 이용했다는 사실, 모르죠? 둥그렇게 은하계를 만들어 놓고 화살을 거기다 던졌어요. 그래, 이 자리는 화성. 다시 화살이 꽂히면, 거긴 태양. 다시 던지면 거기는 지구. 그러니까 우리는 운이 좆나게 좋은 겁니다. 우연하게 그렇게 된 거예요. 하나님이 손을 삐끗해서 태양 옆에다 지구를 갖다 놨으면, 우리를 거기다 꽂아 놨으면, 우리는 진작에 바비큐 됐어요. 하나님이 반대편으로 손을 삐끗해서 우리를 목성 근처에다 갖다 뒀으면 우리는 냉동 피자로 살아가야 해요. 배고픈 누군가가 우리를 꺼내 전자레인지에 돌리길 간절히 기다려야 되겠죠. '띠잉' 소리가 날 때까지는 행복하겠죠. 온몸에 서서히 온기가 돌 테니까. 전자레인지의 문이 열리는 순간, 우리 인생은 끝납니다. 우리는 좆나게 운이 좋은 지구인이다 이겁니다. 하나님이 기분 좋아서 술이라도 드셨으면, 그래서 우리를 제대로 못 꽂았으면 어쩔 뻔했어요. 웃겨요? 웃긴 얘기죠? 생전 만나 보지도 못한 아버지인데 나한테 좋은 일 하나 했네요. 오, 아버지, 덕분에, 사람들을 웃겼어요. 자, 다 같이 아버지 명복을 빌어 줍시다. 뭐 우리도 딱 3초만 하면 되겠죠?

자, 백퍼센트 코미디 클럽 밴드의 멋진 연주 들으시고, 저는 10시에 다시 무대로 돌아오겠습니다.

2

어머니가 남긴 노트를 하나씩 살펴보다가 송우영은 뜯지
않은 여러 통의 편지를 발견했다. 종이 박스에 열두 통의 편
지가 차곡차곡 정리돼 있었다. 봉투에는 어머니의 이름이 적
혀 있었다. 송우영은 편지 봉투를 넘겨 보다가 어머니의 이
름이 적힌 곳이 수신인 자리가 아니라 발신인 자리라는 것을
뒤늦게 깨달았다. 받은 편지가 아니라 보낼 편지였다. 우표가
붙어 있었지만 소인은 없었다. 수신인 자리에는 '이일영'이라
고 적혀 있었다. 편지를 뜯을까 하다가 누나 송제니에게 전화
를 걸었다.

"어, 우영아, 어디야?"

송제니의 목소리는 잠겨 있었다.

"나, 집이지. 엄마 집."

송우영의 목소리 역시 잠겨 있었다. 생각해 보니 하루 종일 한마디도 하지 않고 있었다.

"정리는 대충 끝나 가?"

"대충."

"회사 못 가서 어떻게 해?"

"둘 다 일주일 쉬겠다고 얘기했어."

"둘 다?"

"응, 회사랑 코미디 클럽."

"아, 코미디 클럽, 아직도 한댔지."

"누나는?"

"나?"

"어떠냐고."

"모르겠어, 아직."

"나도 그래."

"집은 내놨어?"

"아직."

"집은 네가 알아서 해. 원룸 정리하고 네가 살아도 되고."

"집 팔리면 누나한테 절반 부쳐 줄게."

"됐네. 얼마 되지도 않을 텐데 이상한 데 까먹지나 말고 알아서 써. 누나가 많이 못 도와줘서 미안해."

"누나 혹시 이일영이라고 알아?"

"이일영? 어디서 들어 본 이름인데……."

"엄마 짐 정리하는데 이일영이라는 사람한테 보내는 편지가 잔뜩 있더라고."

"받은 게 아니고?"

"응, 보내는 사람이 엄마고 받는 사람이 이일영이야."

"누구지? 이일영."

"처음 들어 보는 이름이야."

"편지를 뜯어 봐."

"그럼 안 될 거 같아서."

"왜?"

"엄마 물건이잖아."

송우영과 송제니 둘 다 말을 잇지 못했다. 두 사람 모두 '엄마 물건'이라는 단어의 무게를 실감하고 있었다. 엄마는 사라지고 물건만 남아 있다는 게 어떤 일인지 깨닫고 있었다. 엄마에게 돌려주고 싶어도, 다른 사람이 건드리지 못하게 지켜주고 싶어도 그럴 수 없게 됐다. 소유한 사람이 물건보다 먼저 사라지고 나면, 소유라는 건 의미가 없어진다. 송우영은 종이 박스에 편지를 넣고 뚜껑을 덮었다.

3

그날 저녁 뉴스에서는 화성 궤도에 도착한 우주선을 특집으로 다루고 있었다. 송우영은 가구가 하나도 남아 있지 않은 거실에 앉아 짜장면을 먹으며 뉴스를 보았다. 휴대전화기 속으로 보이는 화성은 대단해 보이지 않았다. 화성은 단무지보다도 작았다. 송우영은 양파를 아껴 먹었다. 우주선이 화성 표면 물질을 회수한 다음 지구로 돌아오는 데만 수개월이 걸린다고 했다. 송우영은 자신이 상상할 수 있는 가장 먼 곳을 생각했다. 어렸을 때 어머니와 함께 어머니의 어머니를 찾아간 적이 있었다. 가는 데만 꼬박 6시간이 걸렸다. 기차와 버스를 여러 번 갈아탔고, 버스는 잘 오지 않았다. 기다리는 시간이 길어서 송우영은 계속 휴대전화기로 게임을 했다. 평소 같았으면 꾸지람했을 법도 한데, 어머니는 아무런 말 없이 게임을 지켜보기만 했다. 배고프지 않은지 묻기도 했다. 어머니의 어머니는 송우영을 만나자마자 손을 꼭 쥐었지만, 송우영은 휴대전화기를 놓지 않았다. 집으로 돌아오는 길은 훨씬 가깝게 느껴졌다. 시간이 단축되기도 했다. 버스 기다리는 시간이 줄었고, 한 번은 택시를 타기도 했다. 시간의 상대성에 대해 처음으로 생각한 날이었다.

화성이라는 곳도 마찬가지일 것이다. 가는 길은 무척 멀게 느껴지겠지만 돌아오는 길은 훨씬 가까울 것이다. 수개월이 걸린다고 해도 떠날 때보다는 가깝게 느껴질 것이다. 반대의 경우일 수도 있다. 돌아가고 싶은 마음이 너무 클 때는, 떠나온 곳이 몹시 그리울 때는, 돌아가는 길이 멀게 느껴진다. 돌아갈 곳이 있는 자의 슬픔이다. 송우영은 그런 슬픔이 어떤 종류의 슬픔일지 궁금했다. 돌아갈 곳이 없는 자의 슬픔은 이제 잘 알게 됐다. 더 이상 보고 싶어도 만날 수 없는 슬픔과 함께 알게 됐다. 어머니와 함께했던 시간으로는 이제 돌아갈 수 없고, 어머니의 부재는 그 시간을 통째로 뒤덮을 것이다. 곧 기쁨으로 변할 수 있는 슬픔이란 온전한 슬픔이 아닌 것은 아닐까. 그렇다면 곧 슬픔으로 변할 기쁨 역시 온전한 기쁨이 아닌 것은 아닐까. 어쩌면 다시는 코미디 무대에 서지 못할지도 모른다는 불안감이 송우영을 감쌌다.

코미디는 송우영의 일기장 같은 것이었다. 코미디 대본에다 마음을 적었다. 격렬하면 격렬한 대로, 차가우면 차가운 대로 솔직하게 적었고 거기에서 최대한 웃음을 쥐어짜려고 노력했다. 코미디에서 가장 많이 써먹은 소재는 어린 시절과 어머니였을 것이다.

백퍼센트 코미디 클럽, 3월 25일

지금은 제가 어머니를 몹시도 사랑하지만 어머니한테 미안한 일이 딱 하나 있어요. 어머니는 지금 병원에 계신데요, 아마도 그때 일 때문에 그렇게 된 거 같아요. 살다 보면 그런 생각이 들 때가 있잖아요. 아, 그때 내가 방귀를 뀌는 바람에 결혼도 못 하는 신세가 되고 말았지. 그때 내가 머리만 잘 말리고 나왔어도 폐렴으로 죽어 가지 않는 건데. 아침에 내가 하이힐만 신고 나오지 않았어도 이렇게 보도블록에 끼여 창피를 당하지 않는 건데. 지금도 그런 생각하는 분들 있을 겁니다. 망할, 뒷자리에 앉기만 했어도 이따위 재미없는 쇼를 안보고 슬그머니 나갈 수 있는 건데. 늦었어요. 그런 생각 하면 뭐합니까. 늦었어요. 그럼 어떻게 하지? 생각을 열심히 하고,

또 생각하고, 판단을 할 때마다 여러 번 생각하면 올바른 선택을 할 수 있을까? 아뇨. 절대 안 됩니다. 그냥 늦을 수밖에 없어요. 우리는 늘 늦는 사람들이에요. 행동이 빠르기 때문에 판단이 느릴 수밖에 없어요. 태초에 하나님이 사과를 먹지 말라고 했죠. 다른 건 다 먹어도 되는데 동산 가운데 있는 사과는 진짜 먹지 말라고 했는데, 하와는 사과가 하도 먹음직스러우니까 덥석 깨물었어요. 사과가 맛있으니까 아담한테도 권하죠. 나라도 그랬을 거예요. 맛있는 건 나눠 먹고 그래야 하는 겁니다. 하나님이 막 화를 내니까 여자가 놀랄 수밖에 없어요. "어, 하나님 아버지, 진짜요? 몰랐어요. 진작에 지도에다 사인펜으로 정확하게 딱 표시해 줬으면 안 먹었을 텐데." 하와의 말을 듣고 하나님이 이렇게 말씀하셨겠죠. "늦었어." 하와가 잘한 일이기도 합니다. 하와가 만약에 사과를 안 따 먹었다고 생각해 봐요. 그러면 우리는 부끄러움도 모르고 계속 하나님한테 얹혀서 살았을 거예요. 신혼집 마련이 힘들어서 부모님 집에 얹혀 사는데 부모님이 밤마다 "얘들아, 자니? 사과 먹었니?" 이렇게 물어본다고 생각해 봐요. 끔찍하죠? 우리는 하나님이 화를 낸 덕분에 섹스를 할 수 있게 된 겁니다. 그래서 우리는 감사하는 마음으로 섹스할 때마다 이렇게 외치는 겁니다. '오 마이 갓!' '하나님, 맙소사!' 진심으로 감사의 마음을 전해야 합니다. 하나님이 흐뭇하게 지켜보고 있을 거예요.

고등학교 때 가출한 적이 있어요. 그런데 집을 나가자마자 식중독에 걸렸어요. 친구들이랑 뭘 나눠 먹었는데, 뭐가 상했던 건지 공원 화장실에 가서 그냥 주루룩주루룩 다 쌌어요. 저는 입에서 항문까지 고속도로가 생긴 줄 알았습니다. 그냥 시원하게 흘러가더라고요. '고속도로 상황실, 여긴 입이다, 지금 음식물 하나 보내려고 한다. 고속도로 상황은 어떤가.' '고속도로 상황실이다. 식도만 넘어가면 여긴 뻥 뚫렸다. 물 흐르듯 지나갈 테니 마음껏 내려와라.' 제 인생에서 가장 중요한 결정을 내려야 했던 게 그때인데요, 두 가지 마음이 동시에 들었습니다. 이왕 가출했으니 무슨 일이 있어도 버텨. 아냐, 상황이 급박하니까 일단 집에 돌아갔다가 다시 가출하자. 어마어마한 결단이 필요했죠. 설사를 아무 데서나 할 수는 없잖아요. 저는 일단 2보 전진을 위해 1보 후퇴를 하기로 했습니다. 일단 집에 가서 똥만 싸고 나오자. 2보 전진을 위해 1발 배설을 하기로 했습니다. 집에 들어갔는데 아버지와 딱 마주친 겁니다.

아버지가 보자마자 날 때리기 시작했어요. 내 생각엔 친구 새끼가 꼰지른 게 분명한데요, 왜 그런 의심을 하느냐면 설사기가 있다는 걸 다 알고 있다는 듯이 계속 내 등만 후려갈기는 거예요. 아니, 뺨도 있고 손바닥도 있고 머리도 있고 가슴도 있는데, 어째서 계속 등만 후려갈기는 거지? 나는 막 윽,

토할 거 같은데 맞기는 또 맞아야겠고, 좀 참을 만하면 계속 등을 후려갈기니까 진짜 존나게 짜증 나더라고요. 아니 무슨 아버지가 그래? 폭력 아버지면 주먹으로 얼굴 정도는 후려갈겨야 되는 거 아냐? 나는 나중에 아빠 되면 절대 등은 안 때릴 겁니다. 그때 결심했습니다. 제일 힘들었던 게 뭔지 알아요? 등은 하나도 안 아파. 그때부터 죽기 전까지는 아버지가 비실비실했거든. 거실에서 설사를 지릴까 봐 괄약근을 엄청나게 조였더니 나중에는 옆구리가 막 찢어지려고 하더라고. 입을 막고 항문을 막았으니, 나올 데가 옆구리밖에 없잖아요. 아버지가 건강할 때는 안 그랬어요. 제가 교통사고로 다리가 부러진 적이 있었는데, 아버지는 내가 잘못해서 사고가 났다고 내 등을 계속 후려쳤어요. 그때는 아버지 힘이 엄청날 때였거든요. 키가 180센티미터가 넘는데 손은 어지간한 피자보다 컸어요. 도미노피자 미디엄 사이즈보다 컸다니까요. 등에 토핑이 묻는 기분이었어요. 그때는 아버지가 등을 때려 줘서 고마웠죠. 등이 너무 아파서 다리가 부러졌다는 걸 잠시 잊었거든요.

다 얻어터지고 화장실에 앉았어요. 자, 이제 이번 똥만 잘 마무리짓고 다시 가출하는 거다. 이번에는 준비물도 잘 좀 챙겨 나가자고 마음먹었죠. 전날 가출할 때는 블루투스 스피커도 깜빡했거든. 가출하려면 블루투스 스피커는 기본입니다.

아, 그리고 향수도 꼭 챙기시고. 똥을 싸고 있는데 계속 설사가 나요. '고속도로 상황실, 상황이 어떤가?' '여긴 아주 시원하게 뚫렸다. 비행기 이착륙도 가능할 정도다.' 정말 비행기 이륙하는 소리가 났어요. 똥을 싸다가 입이 짭쪼름해서 혀를 이리저리 굴려 봤더니 입천장이 터진 겁니다. '뭐야, 이 노인네, 철사장이라도 연마한 거야? 등을 때렸는데 어떻게 입천장이 터지지?' 혀로 입안의 피를 다 핥았어요. 크으윽, 해서 가래도 좀 끌어올리고 침을 다 모았는데 뱉을 수가 없는 겁니다. 엉덩이를 뗄 수가 없으니까. 세면대는 너무 멀리 있고, 엉덩이를 떼면 똥물 줄기가 엉덩이를 막 따라다니면서 바닥을 더럽힐 거 아니에요. 그래서 무릎을 살짝 벌리고 다리 사이로 보이는 변기에다 침을 뱉었죠. 물론 중요한 부분에는 절대 묻으면 안 되겠죠? 침을 뱉는 순간, 아…… 그 순간 제가 뭘 본줄 압니까. 가래와 침과 피가 뒤엉켜 천천히 변기로 떨어지는데 거기서 빛이 나더니 무지개가 보이는 겁니다. 진짜 오묘한빛이었다니까요. 토머스 핀천이라는 작가가 「중력의 무지개」라는 작품을 썼던데, 그 제목은 이제 내가 써야겠어요. 내가 진짜 중력의 무지개를 봤다니까. 세로로 길쭉한 무지개를 봤어요. 침이 길게 이어지면서 무지개가 쭉쭉 늘어나는데, 망할놈의 침이 끊어지질 않는 겁니다. 아, 이러다가는 똥물과 내입술이 침으로 연결되겠다 싶었는데, 다행이라면 다행이고 불행이라면 불행인데, 침이 똥물에 잠기려는 순간 내가 침을 끊어 내려고 바람을 막 불었거든요. 가래와 피가 뒤섞인 침은 똥물에 살짝 담겼다가 마치 고무줄이라도 되는 것처럼 위로 솟구쳤어요. 도마뱀이 긴 혀로 파리를 낚아챌 때처럼 기다란 침으로 똥물을 낚아챈 겁니다. 더러워요? 더럽죠? 진짜 중력이라는 건 그런 겁니다. 우리를 마구잡이로 끌어당기는 건 아니에요. 죽을 만큼 잡아당기는 건 아니라 이겁니다. 신은 딱 적절할 정도로만 중력을 만들어 놨어요. 우리가 하늘을 날아갈 정도는 아니지만 그렇다고 마냥 쓰러질 정도도 아니에요. 자, 이제 집에 가서 다들 가래침으로 실험해 보세요. 중력이란 게 얼마나 중요한 건지 알아보세요. 이제 곧 우주 시대가 돼서 달나라에 가면 하고 싶어도 못한다니까요. 다리를 잘못 벌리면 허벅지가 완전 침 범벅되니까 그건 조심하고요. 그리고, 남자분들은 중요한 부위에 똥물 묻지 않게 조심하시고요.

자, 다음에는 남자들을 찍소리도 못하게 만드는 코미디언, 세미를 불러 보겠습니다. 다 함께 불러 봅시다. 세미, 나와 주세요.

관제 센터, 들리나?

기내 산소량은 19퍼센트 남았다. 여기 혼자 남아 있다 보니 지상에서 시뮬레이션 훈련을 했던 생각이 난다. 지상에서 죽는 연습을 왜 그토록 오래 했는지 모르겠다. 공포를 줄이는 데 도움이 되긴 했지만 막상 죽음과 마주하게 되니 아무런 소용이 없다. 죽음은 인간의 힘으로 알 수 있는 건 아닌 모양이다. 죽은 사람들은 다들 어디로 갈지 궁금했다. 어릴 때는 우주에 그들을 위한 작은 방 같은 게 있지 않을까 막연하게 생각했다. 삐익, 틀렸습니다. 여기에 그런 방은 없어요. 지금 계기판을 자세히 들여다보고 있는데 아무래도 중앙 컴퓨터의 디지털 제어 루프의 고장이 원인인 것 같다. 가장 답답

한 건 여기가 어딘지 알 수 없다는 것이다. 지금이라도 당장 휴대전화기를 꺼내 GPS를 켠 다음 내가 서 있는 위치가 어디인지 알고 싶다. 나는 지금 우주에 있지만 동시에 지구의 우리 집 마당에 서 있는 것 같기도 하다. 여기가 어디일까. 대체 어디일까. 관제 센터에서 딱 한 줄의 메시지만 받을 수 있다면 좋겠다. 여기가 어디인지. 나는 지금 어디로 가고 있는 건지. X-40 내에서 할 수 있는 일이 별로 없다. 시스템을 리부트했지만 달라지는 게 없다. 신호를 여러 번으로 나눠 전송하는 게 나을지도 모르겠다. 전송 버튼을 누르겠다. 다시 한 번 말하겠다. 관제 센터, 여기가 어디인지 모르겠다. 내가 있는 곳을 모르겠다. 알려 줄 수 있다면, 그것만 알려 주길 바란다.

4

며칠 후, 송우영이 켜지지 않는 컴퓨터를 손보고 있을 때 전화가 걸려왔다. 송제니였다. 송우영은 블루투스 이어셋으로 전화를 받았다.

"우영아, 이일영이 누군지 알아냈어."

새로운 별을 발견하기라도 한 것처럼 송제니의 목소리가 들떠 있었다.

"그래? 누구야?"

송우영은 컴퓨터 뒷면의 나사를 풀면서 물었다.

"엄마 아들."

"아들?"

"아들 한 명 더 있는 거 알잖아."

"그 사람 이름이 이일영이었어?"

"나도 완전히 잊어버리고 있었는데 전에 엄마가 한 말이 갑자기 생각나더라고. 전 아버지가 카운트다운으로 만든 이름이라고 했잖아. 기억 안 나?"

"카운트다운?"

"투, 원, 제로, 파이어. 이일영."

"아, 들었던 거 같기도 하고. 그래, 그러고 보니 그런 이름이었다."

"엄마는 왜 편지를 안 보내고 갖고 있었던 거지?"

"연락 끊고 살았겠지. 엄마 장례식에서도 못 봤잖아."

"슬프네."

"뭐가 슬퍼?"

"이 세상에 엄마가 죽은 것도 모르는 아들이 있는데, 슬프지 안 슬퍼?"

"모르면 슬픈 것도 없지. 아는 사람이 슬픈 거지."

"정말 그렇게 생각해?"

"어쩌면 그 사람은 엄마가 죽기 전에 이미 자신의 머릿속에서 엄마를 죽여 버렸을지도 모르지."

"잔인한 얘기다."

"그게 뭐가 잔인해. 나도 여럿 죽였는데."

"정말? 누굴 죽였어?"

"더 이상 생각하기 싫은 사람들."

송우영은 컴퓨터를 껐다가 켰다. 컴퓨터는 점점 진화하고 있지만, 매일 새로운 기능이 추가되지만, 끄는 방법과 켜는 방법은 달라지지 않았다. 컴퓨터가 켜지는 동안 송우영은 자신이 머릿속에서 죽였던 사람들의 명단을 생각해 보았다. 잘 떠오르지 않았다. 머릿속으로 사람을 죽이는 일에 대해 코미디를 짜면 괜찮을 것 같았다. 송우영은 코미디 노트를 꺼내 열심히 적었다. 언제 다시 코미디 무대에 설 수 있을지는 몰랐지만 송우영이 할 수 있는 일은 적는 것뿐이었다. 생각과 사실을 쓰고, 그걸 가장 웃기게 전달하려면 어떻게 해야 할지 생각했다. 모든 것을 코미디로 만들어야 한다는 강박 덕분에 송우영은 그나마 버틸 수 있었다.

5

컴퓨터 회사에는 복귀했지만, 코미디 노트에 새로운 걸 적기 시작했지만, 코미디 클럽의 무대에 다시 오르는 건 쉽지 않았다. 사람들 앞에서 연기를 해야 한다. 웃고, 욕하고, 손가락질하고, 트집 잡고, 비아냥거려야 하는데 지금은 다양한 감정들의 소용돌이에 뛰어들고 싶지 않았다. 송우영은 회사를 마치면 어머니가 살던 집에 가서 조용히 앉아 있었다. 가구와 전자 제품이 전혀 없는 집은 작은 소리도 크게 들렸다. 작은 소리란 게 없었다. 어느 쪽이 큰 소리인지 알기 위해 비교할 만한 작은 소리가 없었다. 모든 소리가 절대적으로 컸다. 큰소리와 더 큰 소리만 있을 뿐이었다. 송우영이 던진 다트 화살이 보드에 꽂히는 소리는 큰 소리였고, 송우영의 발자국 소리는 더 큰 소리였다. 밤이 되면 송우영은 모든 것을 그대로 두고, 자신이 살고 있는 원룸으로 돌아왔다. 어머니의 집에 있는 물건들을 원룸으로 가져오고 싶지도 않았고, 자신의 물건을 어머니의 집에 가져가고 싶지도 않았다. 두 곳의 물건이 섞이게 할 수는 없었다. 송우영의 집은 어머니의 집 주위를 맴도는 위성이었다. 반대일 수도 있었다. 인력이 작용했고, 척력도 작용했다. 두 세계의 물건을 섞을 수 없었다. 송우영은 부동산 중개소에 집을 내놓는 일을 계속 미뤘다.

어머니의 집에서 조용한 저녁을 보낸 지 일주일이 지나서야 송우영은 어머니의 편지를 어떻게 해결할지 생각하기 시작했다. 편지를 열어 볼 수도 있었고, 찢어서 버릴 수도 있었고, 이일영 씨를 찾아서 전해 줄 수도 있었다. 쉽게 결론이 나지 않았다. 세 가지 방법 모두 마음에 들지 않았다. 첫 번째 방법은 어머니에게 무례한 행동이었고, 두 번째 방법은 이일영 씨에게 가혹한 일이었고, 세 번째 방법은 자신에게 귀찮은 일이었다. 결국 세 번째 방법을 택해야 한다는 것을 알고 있었지만 선택은 쉽지 않았다. 선택을 미뤘다. 미뤄진 선택은 매번 시간 앞에 서서 송우영을 기다리고 있었다. 치워도 치워도 계속 쌓이는 폭설처럼 선택되지 않은 선택들이 겹치고 있었다. 그러다가 어디선가 목소리가 들려왔다. 목소리는 분명하게 지시했다. 편지를 전해 주어야 한다고, 쓰인 편지는 반드시 전달되어야 하며, 이야기는 반드시 들어야 할 사람에게 가야 한다고. 송우영은 그 목소리가 자신의 내면에서 나온 것인 줄 착각했다. 목소리는 더 먼 곳에서 들려오고 있었다.

관제 센터, 들리나?

죽고 싶은 마음뿐이다. 자살 캡슐을 가져오지 않은 게 후회된다. 이번엔 농담이 아니다. 문만 열면 간단하게 죽을 수 있다. 스위치 하나만 켜면 간단하게 죽을 수 있다. 농담 같겠지만, 자살의 방법 중 하나를 택하라고 한다면 목을 매달고 싶다. 중력을 느끼면서 죽어 가고 싶다. 텅 비어 있는 우주 공간 속에서 죽음을 맞이하고 싶지는 않다. 폐소공포증이 괜찮아진 줄 알았는데, 희미한 공포가 피부 사이를 뚫고 다시 솟아오른다. 마지막으로 할 수 있는 일이 뭐가 있을까. 메인 컴퓨터가 맛이 간 상태에서 탐사 활동을 하는 건 불가능하다. 새로운 정보를 관제 센터로 보낼 수도 없다. 계속 말하는 게 내가 할 수 있는 전부다. 어딘가에 가닿는다는 보장만 있으면 말하는 게 재미있기라도 할 텐데…… 별을 바라볼 땐 이름을 외우느라 무던히도 애를 썼는데, 여기 와 보니 모든 게 의미 없게 느껴진다. 우리는 눈에 보이는 가까운 별에 이름을 붙였지만, 그렇게 간단하게 처리할 일이 아닌 것 같다. 이름이란 그렇게 간단하게 짓는 게 아니라는 생각이 든다. 이름을 얻지 못한 별들이 훨씬 많다. 모든 별에 이름을 지으려면 이름이 지구보다 더 커질 것이다. 우주에 속한 별들의 이름으로만 지구를 가득 채울 수 있을 것이다. 중력과 함께 그리운 게 하나 더 있다. 비를 맞고 싶다. 빗속에서 달려 보고 싶다. 징징거리는 건 여기까지만 하고, 기운을 차리겠다. 아직은 기내 산소량이 충분하다. 최대한 멀리 나가 보겠다. 어차피 지구로 돌아가긴 글렀으니 최대한 먼 곳까지 나가 볼 생각이다.

6

"그 애는 왜 찾는 거요?"

"전해 줄 물건이 있습니다."

"뭡니까, 물건이."

"직접 전해야 하는 물건입니다."

"뭔지 얘기를 해야 들어줄지 말지 결정할 거 아뇨."

"본인에게 전달해야 하는 겁니다."

"엄마랑 똑같구먼."

"무슨 말씀입니까?"

"당신 엄마도 고집이 엄청 셌지. 그렇게 독했으니까 남편을 통째로 잡아먹었지."

"말씀이 지나치시네요."

"허허, 이 정도면 아직 시작도 안 한 거지. 당신 엄마 때문에 일영이가 얼마나 힘들어했는 줄 알아?"

"어머니의 선택에 대해서는 할 말 없습니다. 어머니도 힘들었을 겁니다."

"허, 힘들어? 남편 죽고 나니까 기다렸다는 듯이 도망친 여자가 힘들 자격이나 있나? 그래, 지금도 힘들게 사시나?"

"어머니는 지금……, 아닙니다. 죄송합니다. 이일영 씨를 한번 만나고 싶습니다."

"같은 뱃속에서 나온 자식이라고 모두 형제는 아니오. 무슨 말인지 알겠소? 우리 일영이하고 당신은 완전 남남이라고 생각하는 게 편할 거예요. 당신 엄마는 배가 양쪽으로 분리돼 있어서 왼쪽 배에서 당신이 나고, 오른쪽에서 우리 일영이가 태어난 거요. 그 사이에는 베를린 장벽보다 두꺼운 벽이 있어서 완전히 다른 방인 거나 마찬가지니까 형제라고는 생각하지 마쇼."

"저도 형제라고 생각한 적은 없습니다. 그저 물건을 전해 주고 싶은 것뿐입니다."

"그러니까 그게 뭐냐고, 허, 그것 참 젊은이가 답답하네."

"어머니 유품입니다."

"유품?"

"네, 얼마 전에 돌아가셨습니다."

"흠……."

"몇 년 동안 몸이 안 좋으셨습니다."

"심하게 말한 건 미안하게 됐소."

"괜찮습니다. 모르고 말씀하신 건데요."

"내일 괜찮소?"

"네, 저녁이면 괜찮습니다."

"내가 문자메시지로 주소를 적어 보낼 테니 거기로 오시오.
7시까지."

"네, 감사합니다."

"마지막으로 한 가지만 알아 두쇼. 고인에게 할 소리는 아
니지만 당신 엄마를 용서할 생각은 없어요. 그건 알아 둬야
할 거요."

"알겠습니다. 이해합니다."

7

송우영은 카페에서 로빈을 기다리며 약간 높은 곳에 매달린 텔레비전을 멍하니 보았다. 상단에는 "인류의 미래, 화성 특집"이라는 문구가 적혀 있었고, 화면에는 우주선에서 송출한 화성의 모습이 나타났다. 카페에서 흘러나오는 슈베르트의 음악과 화성의 모습이 한 쌍인 것처럼 잘 어울렸다. 화면 하단에 "새로운 영토로의 대장정, 한 달 후에 지구로 복귀"라는 자막이 흐르고 있었다. 송우영은 텔레비전의 음량을 키우고 싶었다. 우주여행을 해서 힘들게 도착했는데, 어째서 한 달 만에 돌아와야 하는지 궁금했다. 남극에 가서 점심만 먹고 돌아온다는 계획처럼 허무맹랑해 보였다. 카페에서 텔레비전을 보고 있는 사람은 송우영뿐이었지만 종업원에게 리모컨을 빌려 달라고 말할 용기는 나지 않았다. 집에 돌아가면 뉴스를 봐야겠다고, 송우영은 생각했다.

로빈은 약속 시간보다 15분쯤 늦게 모습을 드러냈다. 로빈은 송우영과 같은 클럽에서 일하며, 텔레비전에 출연해서 코미디를 하는 게 목표인 마흔두 살의 코미디언이다. 명배우이자 코미디언인 로빈 윌리엄스처럼 되고 싶어서 '로빈'이라는 예명까지 지었지만 성공의 기회는 좀처럼 찾아오지 않았다. 쇼 프로그램이 시작되기 전 방청객을 대상으로 한 코미디에서는 제법 웃기다는 평을 받기도 했지만 정식 무대에 설 기회는 전무했다. 체구만큼은 로빈 윌리엄스를 닮았다. 작고 동그랗고 익살스러운 몸이었다. 정수리는 이미 폭탄을 맞은 고대 유적지처럼 황량하게 변하고 있었지만 첫 느낌은 나이에 맞지 않게 조금 귀여운 인상이었다.

"늦었네, 미안. 오는 길에 엄청난 일이 있었거든."

"무슨 일?"

"걸어서 은행을 지나오는데 문이 잠겨 있는 거야."

"은행 문이?"

"그래, 은행 문이. 이상하잖아. 지금 이 시간에 은행 문이 잠겨 있다는 게."

"이상하네."

"그래서 내가 안을 들여다봤지. 그랬더니 그 안이 완전 난

장판이더라고. 강도가 은행을 터는 중이었던 거야. 권총으로 은행장의 등을 막 쑤시고 있었어. 소리가 막 들리는 거 같았지. 빨리 비밀번호 불어, 이 새끼, 빨리 비밀번호 불라고."

"그래서 신고했어?"

"아니."

"왜?"

"뻥이거든."

"어이없네, 정말. 왜 그런 거짓말을 해?"

"거짓말은 아니고 오면서 그런 상상을 한 거야. 우리가 결정적인 상황들을 스쳐 지나가고 있는데, 그걸 모른다는 게 너무 슬프지 않냐?"

"그래서 늦었다고?"

"그렇지. 그런 생각들을 하니까 주변을 자세히 보게 되더란 말이지. 설득력 있냐?"

"뭔 개소리야. 왜 보자고 한 거야. 용건이나 말해."

"넌 나이 더 먹은 형에게 말투가 왜 그러냐."

"나이를 똥구멍으로 처먹었으니까 그렇지."

"아무튼 이 새끼는 예의범절이란 게 없어."

"형이 그랬잖아. 코미디언한테 제일 필요없는 게 그거라고. 예의범절, 매너, 공손한 말투."

"좋겠다, 너는. 그런 거 하나도 없이 타고난 코미디언이라서.

엄마는 잘 모셨냐?"

"오래 아프셔서 그런지 아직은 별 느낌이 없어."

"좀 있으면 온몸이 쿡쿡 쑤실 거야. 내가 당해 봐서 알지."

"어디부터 아픈데?"

"나야 똥구멍부터 아프지. 나이도 거기로 먹고, 밥도 거기로 먹으니까 제일 먼저 아프지. 넌 아마도 대가리부터 아프지 않겠냐? 거기에 똥이 많이 들어 있으니까."

"헛소리 그만하고, 왜 보자고 했어?"

"드디어 형이 텔레비전에 출연하게 됐다."

"잘됐네. 축하해. 무슨 프로그램?"

"그게 좀 난감한데, 토론 프로그램이야."

"토론 프로그램에 형이 왜 나가?"

"나오라니까 나가지."

"나오라고 하면 아무 데나 나가?"

"토론 프로그램이긴 한데 예능이 좀 섞인 거라서 웃기는 사람이 필요한가 봐."

"그럼 잘못 골랐네. 형 안 웃기잖아."

"자식이, 말을 또 이상하게 하네. 내가 왜 안 웃겨. 코미디언이 안 웃기면 어떡하냐."

"그래서 내가 만날 형 걱정하는 거잖아. 코미디언이 안 웃겨서 어떻게 하냐고."

"매번 주제가 바뀌는데 첫 번째 토론 주제가 '섹스와 사랑'이야. 아무리 생각해도 좋은 이야기가 안 떠오르네."

"그래서 나한테 아이디어 달라고?"

"우리 클럽에서 섹스 코미디는 네가 최고잖아. 그중에 관객들 반응 좋은 거 없었어? 생각해 놓고 아직 공연 안 한 거면 더 좋고."

"내 코미디를 가져가서 통째로 드시겠다 이거네?"

"밥 살게."

"섹스 얘기는 빌려 주기 힘들어. 남의 얘기 어설프게 빌려 왔다가 이상한 변태 취급받기 딱 좋거든."

"그럼 내가 준비한 게 하나 있는데 들어 볼래? 들어 보고 어떤지만 얘기해 줘."

텔레비전 화면에 우주복을 입은 남자가 등장했다. 화성에 도착한 지구인이었다. 텔레비전 하단으로 화성에서 보낸 메시지가 지구에 도착하는 데 20분이 걸린다는 자막이 지나갔다. 20분 전에 화성에 존재했던 지구인은 카메라를 보면서 손을 흔들고 있었다. 표정은 잘 보이지 않았다. 송우영은 화면을 보면서 우주에서의 섹스가 어떨지 궁금했다. 중력이 없는 곳에서 섹스가 가능할지, 지구 바깥에서 사랑은 어떻게 작동하는지 궁금했다. 예전에 비슷한 이야기로 코미디를 한 적도 있다. 우주에서 자위행위를 하는 게 꿈이라는, 우주자위행위발전소를 만드는 게 꿈이라는 코미디였다. 텔레비전에 출연하는 사람에게 그런 얘길 해 줄 수는 없었다. 송우영은 우주에서의 사랑에 대해 생각하느라 로빈의 말을 귓등으로 들었다. 로빈은 다양한 표정으로 어떤 이야기를 연기하고 있었지만, 송우영의 귀까지 닿지는 못했다. 닿더라도 곧 사라지고 말았다. 송우영에게 로빈의 이야기는 화성보다 먼 곳에 있거나 오는 도중에 암흑에서 소멸한 물질이었다.

"어때, 재미있어?"

로빈이 물었다.

"괜찮네, 그 이야기. 사람들이 좋아하겠어."

송우영은 건성으로 대꾸했다.

"오, 네가 어쩐 일이냐, 칭찬을 다 해 주고."

"웃긴 건 웃기다고 해 주는 게 코미디언의 자세야."

"난 말이야, 웃기는 게 정말 좋아. 내 이야기를 듣고 사람들이 큭큭거리는 모습을 보는 게 얼마나 행복한지 모르겠어. 무대에 있을 때만 살아 있는 거 같다고. 너도 그렇지?"

"응?"

"너도 무대에서 코미디 할 때가 제일 좋지 않냐고."

"응, 나도 그렇지."

송우영은 속으로 새로운 코미디를 짜고 있었다. 우주비행사들이 우주복을 입은 채 섹스하는 장면을 떠올렸다. 기괴한 풍경이지만 무중력 상태에서 우주복을 입고 걸어가는 특유의 걸음걸이를 제대로만 묘사한다면 관객들을 웃길 수 있을 것 같았다. 두 사람 사이에 커다란 통로를 만들고 통로를 통해 섹스하는 장면을 묘사하는 것이다. 우주에 나가면 척추가 펴지기 때문에 사람들의 키가 커진다. 과연 남자의 성기는 어떻게 변할까. 송우영은 머릿속 코미디 노트에다 대사들을 적었다. 항문 개그를 섞고, 강대국들의 우주개발 과정을 삼각관계로 묘사하는 것도 괜찮겠다. 송우영은 로빈의 말을 듣지 않고 계속 자신의 코미디를 생각했다.

8

송우영은 내비게이션이 알려 주는 장소로 차를 몰면서 속
았을지도 모른다는 생각을 계속했다. 시 외곽의 산길에 들어
서고 나서도 한참을 달렸다. 속았다고 해도 어쩔 수 없었다.
진흙길을 몇 번 지나면서는 자동차를 빌려 준 로빈에게 들
을 잔소리 생각에 짜증이 났다. 산길을 30분쯤 달렸을 때 널
찍한 공터가 나왔고, 멀리 집 한 채가 보였다. 우뚝 솟아 있는
모습 때문에 요새 같았다. 고철 더미들이 군데군데 쌓여 있는
풍경은 타임머신을 타고 가서 미래 도시의 파괴된 모습을 미
리 보는 듯했다. 현재보다 진보했지만 과거보다는 오히려 황
량했고, 보지 못한 새로운 물건들이 많았지만 대부분 녹슬어
있었다.

집 앞으로 길게 뻗어 있는 진흙길 때문에 송우영은 멀찌감치 차를 세우고 걷기로 했다. 먼 곳에서 폭죽 터지는 소리가 들렸다. 다양한 모양의 폭죽이 하늘에서 반짝이고 있었다. 송우영은 자동차에서 들었던 목소리가 생각났다. 꽃 축제를 한다는 날씨 전문 아나운서의 뉴스였다. 오늘부터 이번 주말까지가 봄꽃이 만개하는 시기라고 했다. 꽃 축제와 가장 어울리지 않는 장소에 와 있는 사람이 아마도 자신일 것이라고, 송우영은 생각했다.

집에 가까이 갔을 때 집 안에서 이상한 소리가 흘러나왔다. 누군가와 교신하는 듯한 소리였다. 송우영은 귀를 바짝 세우고 다가갔다. 말소리는 잘 들리지 않았다. 외계에서 들려오는 듯한 목소리였다. 잡음만 간간이 들릴 뿐이었다. 송우영이 귀를 더욱 바짝 대려고 몸을 움직일 때 갑자기 문이 열렸다.

"뭐하시오?"

키가 180센티미터가 넘는 데다 파이프를 엮어 놓은 것처럼 골격이 굵직한 남자가 송우영을 내려다봤다.

"저, 송우영이라고 합니다."

송우영은 한발 뒤로 물러서며 말했다.

"이치욱이오."

큼지막한 손이 악수를 건네 왔다. 단 한마디의 소개뿐이었는데 그 이름을 오래전부터 들어 온 것 같았다. 묵직한 저음 때문이었는지, 그 이름을 오랫동안 발음해 본 듯한 자연스러운 발성 때문이었는지, 기름이 수십 겹으로 찌들어 있지만 아마도 예전에는 하얀색이었을 작업복의 친근함 때문이었는지 알 수 없었다. 송우영은 자신이 얼마나 왜소해 보일지 생각했다.

"먼 곳까지 오느라 고생 많았소."

이치욱이 쓰고 있던 고글을 벗으며 말했다.

"잘못된 주소를 알려 주신 줄 알았습니다."

송우영은 마음속의 이야기를 솔직하게 꺼내 놓았다.

"이상한 세상에 살고 있나 보네. 뭐하러 그런 걸로 사람을 엿먹입니까."

"사람들은 허탕 치는 바보들을 보면서 희열을 느끼잖아요."

"주소 하나로도 긴장하는 걸 보니 그동안 허탕을 자주 쳤나 보네요."

"저야 허탕 치는 데는 선수죠."

"사람들을 잘 믿어서요?"

"잘 믿기도 하고 잘 속기도 하죠."

"그건 좋은 겁니다. 자주 속는 건."

"자주 속는 게 좋다고요?"

"몇 번 속아도 계속 믿는다는 건 거짓말에 내성이 생기지 않았다는 거 아니겠소. 양치기 소년이 진실을 말할 때 도와

줄 수 있을 거요."

"결정적일 때 믿지 않을 수도 있죠. 허탕 치는 데 선수니까."

"차 한잔하겠소?"

"네, 따뜻한 걸 마시고 싶네요."

"여기 앉아서 기다리쇼."

이치욱은 파라솔이 세워져 있는 테이블을 가리켰다. 송우영은 이치욱의 뒷모습을 보면서 나이를 짐작해 보았다. 이것저것 계산해 보면 적어도 쉰 살은 넘었을 것 같은데, 그보다는 훨씬 젊어 보였다. 젊어 보인다기보다 나이를 가늠할 수 없는 외모였다. 직선으로 흐르는 시간의 강물 옆에서 우두커니 수면을 바라보고 있는 사람 같았다. 이치욱이 집 안으로 들어간 사이 송우영은 주변을 둘러보았다. 기계 부품들이 쓰레기처럼 쌓여 있다고 생각했는데 나름대로 정리 정돈이 잘 되어 있었다. 둥근 것들은 둥근 것들끼리 녹이 슨 것들은 그것들끼리 톱니가 달린 것들은 저희들끼리 맞물린 채 모여 있었다.

"어떤 걸 만드시는 겁니까?"

이치욱이 두 잔의 차를 들고 나왔을 때 송우영이 물었다.

"어떤 걸 만들 것 같소?"

이치욱이 되물었다.

"자세히는 모르겠지만 뭔가 하늘을 나는 걸 만드는 것 같습니다."

"어째서요?"

"쌓여 있는 물건들을 봤을 때의 직감 같은 겁니다."

"직감? 글 쓰는 일 같은 걸 하시오?"

"아뇨. 아, 비슷한 일도 하긴 하네요. 컴퓨터 수리 일을 하고, 코미디 클럽에서 코미디도 합니다. 코미디 대본을 직접 쓰니까 작가이기도 하네요."

"좌뇌와 우뇌를 동시에 쓰는구면."

"좌뇌와 우뇌가 있긴 하지만 둘 다 쓰지 않는 것 같습니다."

"그것도 코미디요?"

"아뇨, 이건 일상적인 자학 같은 겁니다."

"나한테는 코미디로 들리네."

"웃어 주시면 저는 늘 고맙죠."

"드론을 만들고 있소."

"제가 맞혔네요. 어떤 드론을 만드십니까?"

"군사용 정찰 드론도 만들고, 탐사 드론도 만들고, 주문하면 뭐든 만들어 주죠."

"그래서 이런 곳에 계시는 거군요."

"자, 이제 잡소리는 그만하고 본론으로 들어갈까요?"

"들어가시죠."

"우선 전하고 싶은 물건부터 여기 내려놓으시오."

송우영은 가방에 있던 편지 꾸러미를 테이블 위에 올려놓았다. 편지는 열두 통이었다. 내용을 읽지는 않았지만 정확하게 수량을 세어 놓았다.

"어머니가 남긴 편지인데요. 받는 사람 이름에 이일영이라고 적혀 있습니다. 유언을 따로 남기지는 않으셨지만 이름이 적혀 있으니 버릴 수가 없었습니다."

"내용은 봤습니까?"

"아뇨. 열어 보지 않았습니다. 제 편지가 아니니까요."

"알겠습니다. 내가 만나면 전해 주겠소."

"아뇨. 어디 있는지 알려 주시면 제가 전하겠습니다."

"그럴 거 없어요."

"아뇨. 제가 직접 전하겠습니다. 편지 말고도 전할 물건이 있습니다."

"그게 뭐요?"

"그건 말씀드릴 수 없습니다. 본인에게 전달해야 하는 물건입니다."

"내가 누군지 알죠?"

"네, 이일영 씨의 작은아버지죠."

"작은아버지이자 일영이의 유일한 가족이죠. 그러니까 나한테 맡겨도 됩니다."

"작은아버지라고 남의 편지를 막 열어 볼 수는 없습니다."

"남이 아니라 가족이죠."

"가족도 남입니다."

"지금은 일영이를 만날 수 없소."

"만날 수 없다뇨."

"송우영 씨, 난 당신 엄마를 잘 알아요. 무시무시한 여자였지. 엄마를 많이 닮았네. 대드는 눈빛하며 따지는 말투하며 완전 똑같네."

"한 번만 더 어머니를 무시하는 말을 하면 가만히 있지 않을 겁니다."

"그 말투도 비슷하네."

"대체 왜 그러는 겁니까? 물건만 전해 주겠다는데 왜 알려 주지 않습니까. 아까 가족이라고 하셨죠? 유일한 가족이라고. 아뇨, 그렇게 따지자면 제가 가족입니다. 어쩌면 제가 진짜 가족이죠. 이일영 씨하고 저는 형제입니다. 아버지는 다르지만 같은 어머니를 둔 형제죠. 당신이 알려 주지 않는다면 제가 찾아낼 겁니다. 시간이 좀 걸리겠지만 찾아낼 겁니다. 대체 뭐가 문젭니까? 내 어머니가 그렇게 싫어요? 어머니가 당신 형을 죽였다고요? 그건 사고였어요. 어머니가 그런 게 아니라고요. 당신은 핑계를 대고 싶겠죠. 당신 같은 인간들은 늘 핑계를 만들기 좋아하니까. 아, 우리 형? 그년이 죽였어. 그년이 우리 형과 결혼하더니 절벽 아래로 자동차를 밀어 버렸지. 앞길이 창창한 우리 형을 그년이 죽였다니까. 세상에, 결혼 한 번 잘못했다고 죽는다는 게 말이 돼? 그년은 지금 뭐하냐고? 바로 줄행랑을 쳤어. 지금쯤 다른 놈이랑 들러붙어서 어떻게 그 놈을 죽일까 궁리하겠지. 당신 같은 인간들은 아마 똥을 싸면서도 핑계를 댈 거야."

"코미디 작가라더니, 웃기는 소리를 잘도 하는군. 나도 일영이를 만날 수가 없어요."

"그게 무슨 소립니까, 만날 수가 없다뇨."

"연락할 수가 없어요. 행방불명됐다고. 벌써 몇 개월이나 지났소. 당신 어머니도 아마 알았을 거요. 그 편지에 적혀 있겠지."

"편지에 뭐가 적혀 있다는 말입니까."

"일영이가 어떻게 행방불명이 됐는지 말이오."

이치욱은 손가락으로 테이블 위의 편지를 가리켰다. 열두 통의 편지 속에 우영이 알아야 할 모든 일이 적혀 있다는 듯 편지를 가리켰다.

2부

9

　강차연은 전날 수거한 SRB(Solid Rocket Booster)의 낙하산을 바닥에 늘어놓고 한숨을 내쉬었다. 불에 그을린 부분도 많았고, 아예 찢어진 곳도 여러 군데 보였다. 강차연은 낙하산을 최대한 넓게 펴기 위해 끄트머리를 붙들고 축구장 크기의 건조실 가장자리까지 여러 번 걸었다. 젖은 낙하산은 무거웠고, 건조실은 몹시 넓었다. 낙하산의 줄들이 곳곳에서 꼬여 있어 그걸 정리하는 데만 한참 걸렸다. 어마어마한 크기의 로켓 낙하산을 짊어질 때마다 강차연은 공룡의 시체를 운반하는 것 같은 기분이 들었다. 거대했지만, 자신이 다시 살려 내야 할 시체였다. 찢어진 낙하산을 꼼꼼하게 바느질할 때마다 강차연은 의사가 된 듯했다. 상처를 도려내고 핏줄을 연결시

키고 새로운 살을 덧대 주는 기분이 들었다. 의사가 하는 일과 별로 다르지 않았다. 차이가 있다면 다시 살아난 낙하산은 절대 고맙다는 말을 하지 않는다는 것 정도.

낙하산을 수리하는 데 꼬박 두 달이 걸린다. SRB는 우주왕복선과 함께 발사되지만 대기권을 돌파한 뒤 연료를 모두 소진하고 바다로 되돌아온다. 우주왕복선은 지구를 빠져나가면서 바다에다 SRB를 던져 넣는다. 낙하산으로 속력을 줄이지 못하면 로켓은 바다와 충돌하면서 박살이 나고 만다. 어마어마한 비용을 날려 버리는 셈이다. 강차연의 아버지 강훈이 바다에 떨어진 SRB에서 낙하산을 가져오면 모든 직원들이 달라붙어 해초를 걷어 내고 바닷물을 꼼꼼하게 닦아 낸다. 일주일 정도 건조한 다음, 찢어진 곳이나 불에 그을린 곳을 꼼꼼하게 확인한다. 조금이라도 의심스러운 곳이 보이면 붉은색 천을 달아 둔다. 강차연의 특기가 발휘되는 순간은 강화섬유로 낙하산을 보수할 때다. 손상 부위에다 새로운 천을 덧입히는 실력은 강차연을 따라올 사람이 없다. 강차연은 열다섯 살 때부터 아버지의 일을 거들었다. 우주왕복선의 낙하산을 관리한다는 아버지의 자부심이 보기 좋았던 이유도 있지만 아버지의 쓸쓸함을 자신이 채워 주고 싶다는 마음도 한몫했다.

바닷가에다 생선을 널 듯 낙하산을 모두 펼쳤을 때 강훈이 건조실로 들어왔다. 강훈의 얼굴은 벌겋게 달아올라 있었다. 햇볕 때문인지 술 때문인지 멀리서는 가늠할 수 없었다.

"어이, 우리 딸. 고생이 많네."

강훈은 두 팔을 벌리고 강차연에게 다가왔다.

"아빠, 또 술 마셨어?"

강차연은 한쪽 구석에다 장갑을 벗어 던졌다.

"잠수하는 친구들이랑 한잔했지. 아빠 술 마시는 거 싫어?"

"내가 어린애야? 상관없어. 상관없는데, 작업하다가 술 마실까 봐 그러지. 작업 중에는 절대 안 그럴 거지?"

"아무렴, 우리 딸이 부탁하는데 당연히 약속 지켜야지."

"건조 시작했고, 내일부터 손상 부위 확인할게. 작업 인원은 다섯 명 부탁해 뒀어. 내일부터 나올 거야."

"그래, 네가 다 알아서 하니까 아빠는 걱정이 없어."

"이번 낙하산은 파손 상태가 심하네. 정상 궤도에서 펴진 거야?"

"아직도 SRB를 조사 중이라서 자세히는 모르겠지만, 잠수부들 이야기 들어 보면 조금 일찍 펴진 거 같기도 해. 그래 봤자 자잘한 문제겠지. 별일 없으니까 아빠는 들어가 봐도 되지?"

"집에 들어갈 거야?"

"딱 한잔만 더 하고 가도 되지?"

"누구랑?"

"누구겠어. 캡틴이랑 마시지."

"그 아저씨 요즘도 술 마시면 우주비행 얘기하고 그래?"

"그 얘기 들으려고 술 마시는 거야."

"아빠도 참……, 같은 얘기 계속 들으면 지겹지 않아?"

"캡틴이 말을 참 잘해. 듣고 있으면 정말 우주비행 하는 거
같다니까."

"응, 많이 마시지 말고 와."

"우리 딸은 오늘 뭐해?"

"오늘 포럼 있는 날이잖아. 나 오늘 발표해."

"주제가 뭐야?"

"낙하산 개방 시스템 연구."

"그거야 우리 딸 전문이네. 잘할 거야. 아빠가 술 마시면서
응원할게."

"낙하산 개방 시스템이야말로 아빠 전문이지. 아니다. 전문
이었지. 요새는 통 안 들여다보지?"

"우리 딸이 잘하고 있는데, 뭘. 아빠 간다."

강훈은 오른손으로 강차연의 볼을 가볍게 쥐어 흔들고 건
조실 밖으로 갔다. 낮은 각도의 햇빛이 사방에서 빛나고 있었
다. 강훈은 하늘을 올려다보았다. 낮은 구름이 빠른 속도로
이동하고 있었다. 햇빛과 구름의 모습은 언제나 앞으로 다가

올 날씨를 암시하지만, 강훈은 궁금해하지 않기로 했다. 현상을 보며 미래를 예견하지 않기로 했다. 있는 그대로의 모습을 즐기는 편이 훨씬 낫다고 생각했다. 강훈은 점퍼를 여미고 걸었다. 계절은 겨울에서 봄으로 가는 중이었지만 저녁만큼은 뒤처진 채 겨울에 머물러 있었다.

강차연은 강훈을 뒤따라 나와 건조실 문을 잠갔다. 걷고 있는 강훈의 뒷모습이 멀리 보였다. 걸어가는 아버지의 뒷모습은 언제나 강차연의 가슴을 무겁게 짓눌렀다. 아버지의 모습이 멀어질수록 강차연의 가슴은 점점 갑갑해졌다. 아버지와 자신 사이에 어떤 힘이 작용하는 것은 분명했으나 그것이 인력인지 척력인지는 알 수 없었다. 강차연은 허공에 손을 뻗어 바람을 만져 보았다. 바람에 숨어 있는 내일의 날씨를 미리 예측해 보았다. 내일은 비가 올 게 분명하다고, 강차연은 짐작했다.

관제 센터, 들리나?

좀 전에 굉장한 장면을 목격했다. 투명한 푸른색 공 같은 게 다가오더니, 아니 푸른색이 아니라, 검푸른색이라고 해야 할까, 아무튼 내게로 와서는 어디론가 사라져 버렸다. 물컹한 젤리가 나를 삼키는 것 같았다. 어디론가 사라진 게 아니라 나를 통과해 지나갔거나 내 속에 들어 있는 것 같기도 하다. 속이 약간 메스껍고, 멀미가 나려고 한다. 어지럽기도 하다. 내 몸이 작은 구멍을 통과한 다음 낭떠러지로 떨어지는 기분 이랄까. 우주복에 달린 생명 유지 장치의 수치는 변한 게 없 다. 정말 내가 변한 게 없는지 모르겠다. 무언가 바뀌었다.

10

오늘은 할아버지 얘길 해 줄까? 우리 집안이 대대로 우주 비행사 가문이야. 할아버지가 NASA(National Aeronautics and Space Administration)에 들어간 이야기, 전에 한 적이 있던가? 없지? 할아버지는 미국 텍사스 주에서 태어났어. 휴스턴 근처 어딘데 정확한 지명은 모르겠고, 할아버지의 아버지가 미국으로 건너가서 거기 자리 잡는 데 고생깨나 했나 봐. 할아버지가 태어났을 때는 먹고사느라 한창 바쁠 때였고, 할아버지를 돌볼 여력이 별로 없었어. 할아버지를 돌본다니까 이상하네. 할아버지가 아이였을 때 말이야, 누구나 아이였을 때가 있잖아. 어린 할아버지는 집에서 하루 종일 놀고 또 노는 게 일이었어. 낮이고 밤이고 집 마당에 누워 하늘을 보는 게 유일한 취미였지. 할아버지 모습을 사진으로 본 적이 있는데 무척 멋진 분이었어. 우리 집안이 덩치들도 다 좋고, 인물들이 다 괜찮아. 할아버지를 보면 딱 알 수 있지. 어느 날, 여느 때와 마찬가지로 할아버지가 하늘을 보고 있는데, 이상한 게 하늘에서 떨어지더래. 처음에는 먹이를 잡으러 날짐승이 낙하하는 건 줄 알았는데, 떨어지면서 계속 반짝반짝하더라는 거야. 집 앞에 널찍하게 펼쳐져 있는 옥수수밭 어딘가로 툭 떨어지는 걸 보고 할아버지는 곧장 달려갔어. 옥수수밭에서 뭘 찾는 게 쉬울 리가 없잖아. 할아버지는 옥수수밭 속에서 무릎을 꿇었고, 두 시간 넘게 기어다닌 뒤에야 결국 찾아낼 수 있었어. 그건 작은 상자였어. 테이프로 밀봉돼 있었는데, 할아버지는 그걸 뜯어 볼 엄두가 안 났대. 거기 뭐가 들어 있는지 어떻게 알겠어. 외계에서 보내온 메시지면 어쩔 거야. 상자를 열었는데 거기에서 눈이 다섯 개 달린 외계인이 튀어나오면? 위험한 외계 물질이 들어 있기라도 하면? 할아버지는 일단 그걸 침대 밑 보물 상자에다 넣어 뒀어. 상자에는 어릴 때부터 모은 돌멩이, 길에서 주운 알루미늄 조각, 할아버지의 아버지가 보물처럼 지니고 있다가 선물해 준 보자기 같은 게 들어 있었는데, 하늘에서 떨어진 상자가 곧바로 보물 차트 1위로 핫데뷔했지. 그때 할아버지의 나이가 17살이었어. 누구에게도 보여 주지 않고 상자를 몇 년이나 가지고 있었지. 그 안에 뭐가 들어 있을까 상상하면서 하루하루를 보냈어. 그게 할아버지의 새로운 기쁨이 된 거야. 그러다 스무 살이 됐을 때 우연히 시내 식당에서 밥을 먹다가 오래된 잡지에 실린 광고 하나를 보게 됐어. "상자를 찾습니다." 할아버지가 옥수수밭에서 주웠던 바로 그 상자 사진이 실려 있었어. "위 상자를 발견하신 분에게 후하게 사례함"이라는 문구가 적혀 있었어. 할아버지는 잡지의 날짜를 살펴봤어. 1년이나 지난 거였지. 할아버지는 집에 돌아와서 전화기를 붙들고 사흘을 고민했어. 전화를 걸었는데 너무 늦어 버렸으면 어떻게 하나, 괜히 비밀만 폭로하는 꼴이 되면 어떡하나. 보복 같은 걸 당하면 어쩌나. 할아버지는 전화하지 않기로 했어. 대신에 상자를 열어 보기로 했지. 할아버지는 그 순간에 대해 얘기할 때마다 오른손으로 심장 부근을 꼭 쥐었대. 상상만 해도 심장이 터질 것처럼 말야. 그즈음 할아버지는 시내의 잡화점에서 일하고 있었는데, 그날은 집에 일찍 돌아왔어. 아무도 없었지. 무슨 일이 생기더라도 혼자 겪는 게 낫다고 생각했어. 외계인에게 잡아먹히더라도 나머지 가족은 지키고 싶었던 거야. 할아버지는 칼로 조심스럽게 상자를 열었어. 조심스럽게 테이프를 벗기고 상자를 열었어. 상자 속에 뭐가 들어 있었는지 알아? 그건 필름이었어. 미국은 1950년대에 로켓을 발사하고는 관측 기기로 우주 사진을 찍었어. 사진은 곧바로 밀봉돼서 대기권을 뚫고 지상으로 떨어진 거야. 어떻게 된 일인지 정확하지는 않지만 그 필름들 중 하나가 할아버지의 옥수수밭으로 불시착했고. 그게 무슨 뜻인 줄 알아? 인류 최초의 우주 사진이란 얘기야. 할아버지가 그걸 주운 거라고. 돈으로 환산하면 얼마나 할 것 같아. 상상도 못할 금액이겠지. 할아버지는 잡지에 적힌 번호로 전화를 걸었어. 거긴 NASA였어. 물론 "여긴 NASA입니다. 무엇을 도와드릴까요?" 이러진 않았겠지. 하긴, 그때는 NASA라는 이름도 아니었어. NASA의 전신인 NACA(National Advisory Committee for Aeronautics) 시절이었지. 할아버지는 전화를 끊고 곧바로 NACA를 찾아갔어. 그래서 어떻게 됐느냐고? 돈? 아니, 할아버지는 돈 대신 다른 걸 원했어. 배포가 큰 사람이었지. 우리 집안이 그렇다니까. 덩치만 큰 게 아니라 심장도 아주 큼지막하거든. 할아버지는 일자리를 원했어. 어떤 일이든 좋으니까 우주에 대한 일을 하고 싶다고 사정했지. NACA에서는 제안을 받아들었어. 사람이 많이 필요할 때였고, 할아버지가 주운 사진의 값어치는 어마어마한 것이었으니까 들어줄 만한 제안이었지. 할아버지는 우주선을 타지는 못했어. 자네처럼 로켓 기술자로 평생을 일했지. 난 할아버지의 선택이 자랑스러워. 그 사진을 넘겨주고 꽤 많은 보상금을 받을 수도 있었겠지. 아니면 지하 시장에서 더 비싼 금액을 받고 팔 수도 있었을 거야. 할아버지는 돈 대신에 미래를 선

택했어. 어떤 선택을 해야 할 때마다 할아버지를 생각해. 미래
는 돈이 될 수 있지만, 돈은 절대 미래를 보장해 주지 않거든.
자, 우주에서 우리를 굽어보고 있을 할아버지를 위해 한잔하
자고.

11

포럼을 끝마친 후 휴대전화를 켰더니 부재중 전화가 열 통 넘게 기록돼 있었다. 등록되지 않은 전화번호였다. 강차연은 회의장 밖으로 뛰어나가면서 전화를 걸었다. 수만 가지 가능성이 머릿속으로 뛰어들었다. 가능성들은 머릿속의 교차로에서 정체를 일으키고 가장 시끄러운 경적을 울려 대고 있었다. 수만 가지 생각 중 한 가지도 제대로 완성할 수 없었다. 신호가 계속 울리는데도 상대방은 전화를 받지 않았다. 강차연은 전화를 끊고 다시 걸었다. 상대방의 목소리가 들렸다.

"전화가 왔어요. 무슨 일이죠?"

강차연은 자신도 모르게 소리를 지르고 있었다.

"여기 경찰서입니다. 성함이 어떻게 되시죠?"

조용한 목소리가 건너왔다.

"저는 강차연이라고 합니다."

"아, 강훈 씨 보호자 되시는군요."

"네, 강훈 씨가 아버지예요."

"말썽을 좀 일으켜서 오셨는데요. 한 시간 전쯤에 다른 보호자가 데리고 가셨습니다."

"다른 보호자요?"

"네. 여기 이름이 있을 텐데……, 어디 보자……, 아, 이일영 씨가 모시고 갔네요. 아버지랑 같이 술 드시던 분의 보호잔데, 아시는 사이죠?"

"네, 알아요. 감사합니다."

"함께 술 드셨던 분 집으로 모셔 간다고 했습니다. 위치는 아세요?"

"네, 알아요. 정말 감사합니다."

강차연은 전화를 끊고 로비의 의자에 주저앉았다. 다리 힘이 풀려 서 있을 수가 없었다. 강차연은 이일영에게 전화를 걸려다가 그만두었다. 두 사람을 집까지 데려가느라 정신이 없을 게 분명했다. 강차연은 서둘러 주차장으로 걸었다.

강훈과 캡틴이 술을 마시는 날이면 강차연은 조금 긴장했다. 몇 년 전 길거리에서 젊은이들과 시비가 붙는 바람에 강훈의 코뼈가 부러진 적이 있었다. 코가 휜 상태에서도 계속 싸움을 거는 강훈을 보면서 강차연은 무서웠다. 자신의 볼을 꼬집으며 장난을 치던 아버지가 아니었다. 눈에 스며 있던 살기를 지금도 기억하고 있다. 술이 깬 아버지는 다시 한 번 이런 일이 생기면 평생 동안 술을 끊겠다고 큰소리쳤는데, 오늘이 그날이 될지도 몰랐다. 강차연은 지하 주차장을 빠져나오면서 마음을 단단히 먹었다. 어떤 일이 있어도 오늘은 아버지를 봐주지 않을 것이다. 뒤로 물러서지 않을 것이다. 강차연은 포럼 관계자에게 인사도 하지 못하고 나오게 돼서 미안하다는 전화를 했다. 포럼 관계자는 강차연의 발표가 인상적이었다며 인사를 했다. 강차연은 계속 전화 통화를 하고 싶었다. 어떤 부분이 인상적이었는지, 어떤 부분을 보완하면 좋을지, 의견을 들은 사람 중 반대 의견은 없었는지 물어보고 싶었다. 이일영이 문을 열어 주는데 강훈의 웃음소리가 밖으로 뻗어 나왔다. 강차연은 아버지의 웃음소리가 들리자 짜증이 났다.

"차연아, 오랜만이다."

이일영이 현관문을 붙잡아 주면서 말했다.

"응, 오빠, 미안해."

강차연은 신발을 급하게 벗었다.

"미안하긴……, 별일 아니었어."

"아빠 또 술 먹고 사고 친 거야?"

"사고까진 아니야. 차 한잔 줄까?"

"아냐. 괜찮아."

강차연이 생각한 거실의 풍경이 아니었다. 자동차를 운전하고 오면서 예상했던 풍경은 아버지와 캡틴이 정신을 잃고 바닥에 쓰러져 있는 것이었다. 두 사람은 거실에 앉아 손을 들어 인사했다. 둘 다 멀쩡한 얼굴이었다.

"아빠, 뭐야. 무슨 일이야?"

"어, 우리 딸, 걱정했지? 네가 연락이 안 돼서 그냥 이리로 따라왔네."

"경찰서에는 왜 간 건데?"

"차연아, 지금 막 연락하려고 했는데, 내가 설명해 줄게."

이일영은 강차연을 식탁 의자에 앉히고 차분히 이야기를 시작했다. 두 사람이 술을 많이 마신 건 사실이었다. 두 사람은 불쾌하게 취한 채 유인 화성탐사선의 개발 상황을 다룬 다큐멘터리를 보고 있었다. 옆에서 누군가 이런 말을 던졌다.

"에이, 저런 데 쓸 돈 있으면 가난한 사람들 밥이나 좀 먹이지."

강훈과 캡틴은 동시에 말을 꺼낸 사람을 향해 고개를 돌렸다. 30대 후반의 남자 둘이서 술을 마시고 있었다. 먼저 시비를 건 것은 캡틴이었다.

"어이, 우주의 발뒤꿈치에도 안 가 본 핏덩어리들아, 뭘 모르면 그냥 아가리 닥치고 술이나 마시지. 그 아가리에 술이 들어가는 게 아깝긴 하지만."

"뭐요? 아저씨가 뭔데 갑자기 욕지거리야."

"나? 내가 누군지 알면 놀라 자빠질 텐데."

"이 아저씨가 장난치나."

"내가 너희 같은 핏덩어리들이랑 왜 장난을 치겠니? 너네들 우주에 대해서 뭘 좀 알긴 알아?"

그즈음부터 강훈이 옆에서 말을 거들었다. 남자 둘은 인상을 쓰면서 앉아 있었지만 별다른 대꾸는 하지 못했다. 강훈과 캡틴이 워낙 세게 나오기 때문이기도 했고, 캡틴의 큰 덩치 때문이기도 했다.

"여기 계신 분이 바로 우주 최초로 공기놀이에 성공하신 분이야. 이단꺾기 하는 거 뉴스에서 안 봤어?"

"공기놀이요? 이 아저씨들이 미쳤나. 우주에서 공기놀이를 왜 합니까?"

"어린놈의 새끼들이 어른들한테 하는 말버릇 좀 보게. 우리가 미쳐 보이냐?"

"계속 이상한 소리를 하니까 그렇죠."

"뭐가 이상한 소리야. 진짜로 우주에서 공기놀이를 하신 분이라니까."

강훈의 설명이 사실이긴 했다. 우주비행사들은 우주에서

뭘 하면 좋을지 궁리하는 데 많은 시간을 보낸다. 어떤 사람은 골프채를 들고 가서 우주로 공을 날리기도 하고, 어떤 사람은 기타를 들고 가서 노래를 부르기도 했다. 캡틴이 선택한 것은 공기놀이였다. 비행선 안에서 다섯 개의 공기를 이리저리 흐트러 놓는 모습이 전국의 텔레비전으로 방송된 적이 있다. 벌써 20년 전 일이니 기억하는 사람은 거의 없을 테지만 그런 일이 있었던 것은 사실이다. 캡틴이 다시 큰 목소리로 이야기를 시작했다.

"우주는 말이야, 밥보다 훨씬 중요하고, 응? 이 새끼들아, 여기 이 술보다도 중요하고, 좆같은 너네들보다 훨씬 중요하고, 지구보다도 만 배는 중요한 거야. 거기는 우리의 미래 같은 거라고. 뭘 알지도 못하는 새끼들이 함부로 주둥이 나불거리지 말아라. 확, 주둥아리를 비틀어서 로켓에다 매달아 버릴까 보다."

"어이 아저씨, 우주인인지 뭔지는 모르겠지만 말이 좀 지나치네."

"아까 그 말 취소하면 나도 사과하지."

"무슨 말을 취소해요?"

"저런 데 쓸 돈 있으면 가난한 사람들 밥이나 먹이라는 말."

"그 말을 왜 취소해요. 그런 의견도 있을 수 있는 거 아닙니까."

"그런 의견이 있을 수는 있는데, 그런 의견은 좆같은 의견이라니까. 그러니까 취소하라는 거지."

"못 합니다."

"그러면 계속 욕을 처먹어야지, 하는 수 없네. 너는 우주인 되기에 딱 좋은 몸이네. 뱃살이 그렇게 디룩디룩 튀어나와서 에어백도 필요없겠어. 너 같은 놈들만 있었어도 우주개발비를 절약해서 가난한 사람들 밥을 먹일 수 있는데 말이지. 야, 원심분리기에다 돌려서 눈깔을 다 뽑아 버려도 모자랄 놈아, 이 정도면 취소할 마음이 드냐?"

상대방이 탁자를 치며 일어선 게 그때였다. 캡틴 역시 따라 일어섰고, 일찌감치 냉랭한 분위기를 감지하고 있던 술집 주인이 자리로 뛰어왔다. 캡틴은 탁자를 엎었다. 30대 남자 둘은 뒤로 물러섰고, 캡틴이 발로 의자를 걷어찼다. 거기까지가 다였다. 30대 남자들이 자리를 피하는 바람에 더 이상의 충돌은 없었다. 캡틴은 자리에 앉지 못했다. 일어서서 주변 사람들에게 훈계를 하기 시작했다. 인내심이 바닥난 술집 주인이 경찰에 신고했고, 경찰이 출동해 캡틴과 강훈을 데려간 것이다.

강차연은 안도의 한숨을 내쉬었다. 대단한 일이 아니어서 다행이기도 했고, 그래도 어쨌거나 자신을 놀라게 한 아버지가 밉기도 했다. 웃고 있는 얼굴에다 한마디 해 줄 수 없는 게 아쉬웠다. 캡틴과 강훈은 다시 술을 마시고 있었다.

"캡틴은 죽어도 여한이 없을 거 아냐. 난 우주에도 한번 못 나가 보고 이번 생을 끝내게 생겼어."

"죽으면 모두 우주에 가는 거야. 난 좀 일찍 갔다 온 거고."

"죽어서 가는 거 말고, 살아 있을 때 가야지."

"우주 가면 뭐가 제일 좋은지 알아?"

"넓은 거?"

"아니."

"깊은 거?"

"아니."

"어두운 거?"

"아니."

"그럼 뭔데?"

"위아래가 없는 거."

"그렇지. 거기엔 위아래가 없지?"

"처음에는 조금 어색해도 위아래가 없다는 게 얼마나 편한 지 몰라. 공간이 무한정 넓고 광대하니까 그냥 또 평면 같더 라니까."

"그래, 그렇겠네. 크크크."

강차연은 두 사람이 이런 이야기를 주고받으며 술 마시는 모습을 물끄러미 바라봤다. 아이들의 대화 같았다. 한편으로는 저런 친구가 있다는 게 다행이라는 생각도 했다. 이일영이 강차연 앞에 레몬차를 내려놓았다.

"차연아, 이번 주 일요일에 뭐 해?"

"일요일? 아마 별일 없을 거야. 왜?"

"별일 없으면 무중력 체험 비행 가지 않을래? 새로운 비행기가 들어왔는데 한 번에 1분까지 무중력 체험이 가능하대. 너 무중력 체험한 적 있어?"

"아니, 일반인한테 공개하는 거야?"

"아는 선배가 특별히 초대해 준 거야. 원래는 나만 초대했는데 네가 재미있어 할 거 같아서 두 사람 가겠다고 얘기해 뒀지."

"그래. 재미있겠다."

"그럼 가는 거다?"

"그래. 좋아. 오빠 휴가는 언제까지야?"

"며칠 안 남았어. 그럼, 내가 낮 3시에 집으로 데리러 갈게."

"응."

이일영과 강차연은 식탁 의자에 앉아 차를 마셨다. 빗방울이 주방의 작은 창을 두드리기 시작했다. 불빛 사이로 빗줄기가 흩날리는 게 보였다. 강훈과 캡틴이 크게 웃는 소리가 다시 들렸다. 강차연은 레몬차를 마시며 건조실 온도를 제대로 맞추고 왔는지 생각했다.

관제 센터, 들리나?

어딘가 통과한 것 같다고 했는데, 무엇인가 미세하게 바뀐 것 같다고 했는데……, 착각일 수도 있겠다.

창을 계속 바라보고 있으면 어둠 속에서 무언가 보이기도 한다. 아니, 보인다고 말하기 힘들다. 보이는 게 아니라 거기에 뭔가 있다는 게 느껴진다. 너머에 뭔가 있는 것 같은데, 너머에 있는 건 너머뿐인 것 같기도 하다. 너머에 끊임없는 너머가 있다. 너머의 끝에 뭐가 있을까. 상상하고 싶지도 않다. 여기에는 대기가 없으니 너머라는 말도 이상하긴 하다. 우주에는 넘어야 할 뭔가가, 우리를 가로막는 뭔가가 아예 없다. 그저 거대하고 편평하게 무한정으로 넓은 하나의 공간이 있다는 기분이다. 가끔씩 반짝이는 것들이 창으로 스쳐 간다. 혜성들일 것이다. 지금 내가 있는 곳이 시간 속인지 공간 속인지 명확하지 않다. 공간을 가로질러 시간을 넘나들 수 있다면 돌아가고 싶은 순간들이 있다. 다른 시간으로 가로질러 가는 통로가 여기 어딘가에 있을 것 같다. 찾을 수 없을 뿐, 수많은 통로가 곁에 있는 것 같다. 아무 데로나 문을 열고 들어가 볼까. 이 목소리가 대체 어디로 향할까. 암흑 속의 수많은 통로 중 어디로 가닿을까. 과거일까, 미래일까, 이곳일까, 거기일까. 내가 가장 행복했다고 기억하는 그 순간으로 이 메시지를 보낼 수 있을까. 내가 지구를 떠나기 전으로 돌아가서 어머니에게 마지막 인사를 할 수 있을까. 과거로 가서 내 미래의 목소리를 들을 수 있을까.

투명한 푸른색 공은 대체 무엇이었을까. 멀미는 멈춘 것 같다. 밖으로 나갈 시간을 계속 미루고 있다. X-40이 그나마 나를 지켜 주고 있다. 온전히 혼자 우주 속에 남겨지면 무척 외로울 것 같다. 동료들의 목소리라도 들을 수 있다면 힘을 낼 수 있을 텐데……. 아마 유머 감각을 발휘해 보라고 하겠지. 지금은 그럴 힘이 없다. 메시지의 전송 버튼을 누를 힘만 간신히 남아 있다. 기내 산소량은 12퍼센트 남았다.

12

이일영은 아침 일찍 일어나 샤워를 하고, 입고 나갈 옷을 미리 골라 놓았다. 시간을 빨리 지나가게 하기 위해 태블릿 PC로 게임을 했고, 욕실 거울을 보며 얼굴에 있는 여드름을 짰고, 물을 여러 번 마셨다. 시간이 너무 천천히 가는 것 같아 거실에서 팔굽혀펴기 100회를 했다. 그러고는 다시 욕실에 들어갔다. 이일영은 샤워를 하며 노래를 흥얼거렸다. 누군가 자신의 노래를 따라 부르는 것처럼 메아리가 길게 남았다. 샤워기에서 쏟아지는 물방울 속에 뭔가 있는 것 같았다. 거기에서 자신의 목소리가 들리는 것 같았다. 이일영은 노래를 멈췄다. 샤워기 속에서 누군가의 목소리가 들렸다. 다급하게 누군가를 찾는 것 같은 목소리가 희미하게 들렸다. 이일영은 샤워기를 잠갔다. 목소리도 그쳤다. 다시 샤워기를 켰다. 물줄기가 바닥에 부딪히면서 기묘한 소리들을 냈다. 기묘한 소리들 속에 어떤 메시지가 있는 것 같았다. 이일영은 다시 샤워를 시작했다. 목소리는 더 이상 들리지 않았다. 샤워를 마친 다음 준비해 둔 옷을 입고 미스트를 뿌린 후 얼굴에 스킨을 얇게 바르고 헤어 에센스를 손에 묻혀 머리 모양을 손질했다. 마지막으로 강차연에게 줄 선물을 챙겼다. 아직도 약속 시간까지는 1시간 넘게 남았지만 드라이브라도 할 겸 집을 나섰다. 엘리베이터가 1층에 도착했을 때 이일영은 선글라스를 챙기지 않았다는 걸 깨달았다. 1층에 도착한 이일영은 다시 8층 버튼을 눌렀다.

관제 센터 들리나?

상태가 좋지 않다. 몇 분 전부터 환영이 보이기 시작했다. 내가 샤워를 하는 장면이 눈앞에 선명하게 나타났다. 하필이면 샤워 장면일까. 가장 내밀한 기억이기 때문일까. 나는 눈앞에 펼쳐지는 환영을 바라보며 노래를 불렀다. 샤워할 때마다 부르던 노래였다. 다들 이 노래를 알 거다. "태어날 때부터 나는 우주에 나가게 될 걸 알았어. 별들이 나를 부르는 걸 느꼈고, 걸을 때마다 우주의 중력을 느낄 수 있었거든." 우주비행사라면 이 노래를 모를 수 없지.

이제 기내 산소량이 9퍼센트 남았다. 여러 번 시스템을 리부트했지만 복구는 힘들 것 같다. 상태가 더 나빠지기 전에

X-40 밖으로 나갔다 와야겠다.

관제 센터, 들리나?

여긴 우주 한가운데다. 우주선 밖으로 나왔다. 이상한 말이지만 한가운데 있는 것 같다. 여긴 빛도 없고, 소리도 없고, 중력도 없고, 무시무시할 정도로 조용하다. 아무리 달려도 어디로도 닿지 못할 것이다. 우주정거장에서도 유영해 봤지만 기분이 완전 다르다. 그냥 완벽한 어둠 속에 둥둥 떠 있는 것 같다. 정말 굉장하다. 내가 없어지는 것 같다. 이대로 사라질지도 모르겠다. 꿈에서 이런 장면을 본 적이 있다. 꿈보다 더 꿈 같다. 거리 감각도, 공간 감각도, 모두 사라진다. 이상한 말처럼 들리겠지만 내가 어딘가에 있다는 생각이 들지 않는다. 위치가 소용없어진다. 나는 그냥 흐름 속에 있는 것 같다. 물결 속에 늘어 있는 물결 같다. 구름 속에서 흘러가는 구름 같다. 어딘가의 내부에 있는 것 같다. 나는 어디에 있는 게 아니라, 그냥 있다. 설명할 길이 없다. 관제 센터, 들리나?

13

강차연은 토할 것 같았다. 믹서기를 통째로 삼킨 듯 뱃속의 모든 물체들이 이리저리 뒤섞이고 있었다. 입을 꾹 다물고 침을 여러 번 삼켜도 진정되지 않았다. 이일영이 강차연의 손을 잡았다.

"숨을 깊게 들이켜 봐."

강차연은 시키는 대로 했다. 강차연이 삼킨 숨들도 믹서기 속으로 빨려 들어갔다. 더 이상 참을 수 없을 것 같았다.

"못 참겠으면 숫자를 생각해 봐. 머릿속에서 5431에다 26을 곱해 봐."

"오빠, 숫자를 들으니까 더 토할 거 같아."

"자, 머릿속에다 5431을 써 봐. 그리고 곱하기 기호를 그리고 아래에다 26을 써. 자, 하나씩 곱해 보자."

"그게 무슨 숫잔데?"

"아무런 의미도 없어. 그냥 숫자들이야."

"아무런 의미도 없는 숫자들을 뭐하러 곱해?"

"멀미가 날 때는 숫자를 생각하면 속이 좀 편안해져."

"난 의미 없는 곱하기는 한 번도 해 본 적이 없어. 그래서 잘 안 되나 봐."

"그래도 한번 해 봐."

강차연은 다시 시키는 대로 했다. 5431을 떠올리고, 26을 떠올렸다. 5431은 어떤 숫자일까. 고도 5431미터면 낙하산을 펼 수 있다. 26은 한 달 중 일요일을 뺀 날이다. 강차연은 일요일을 뺀 모든 날에 5431미터 고도에서 낙하산을 펼치는 한 사람을 생각하기로 했다. 대체 어떤 사람일지 상상이 되질 않았지만 그런 사람이 있다고 쳐 보자. 그러면 그 사람은 곱해야겠지. 그 사람은 곱할 생각이 없겠지만 자신이 대신 곱해 주기로 했다. 천천히 곱해 보자. 이일영의 말처럼 조금씩 안정을 찾기 시작했다. 강차연은 이일영의 따뜻한 손이 좋았다. 정확히 자신이 좋아하는 손의 온도였다.

"어때, 좀 괜찮아?"

"응, 많이 좋아졌어."

"지금이 제일 좋을 때야. 자 이제 몸에서 힘을 빼 봐."

"지금?"

"응, 지금이야."

"우아, 떠오른다."

"내가 붙잡아 줄 테니까 눈을 감아 봐."

두 사람의 몸이 허공으로 떠올랐다. 비행기 안에 있던 열 명의 체험자들의 몸도 함께 떠올랐다. 사람들은 환호성을 질렀다. 강차연은 눈을 감았다. 어디에도 닿지 않은 자신의 몸이 낯설었다. 엄마의 자궁 속에 있을 때 이런 기분이 아니었을까. 사방이 푹신푹신한 공기로 둘러싸여 있는 곳. 둥둥 떠다니는 나를 부드럽게 감싸 안는 곳. 눈을 감으라고 한 이유를 알 것 같았다. 어디론가 날아가려는 새를 부드럽게 감싸 쥐듯 이일영은 강차연의 오른손을 쥐었다.

"눈 떠 봐."

이일영의 목소리가 비행기의 소음을 뚫고 나왔다. 이일영의 손에는 목걸이가 하나 들려 있었다.

"이게 뭐야?"

강차연은 허공에서 놀랐다.

"선물. 공중에서 주면 재미있을 것 같아서."

이일영은 강차연의 손에다 목걸이를 쥐여 주었다.

강차연은 공중에 떠서 팔다리를 허우적거리는 자신의 모습이 우스꽝스럽게 보일 것 같다는 생각이 들었다. 주변의 사람들은 계속 소리를 질러 대고 있었다.

이일영은 쑥스러운 일을 다 끝냈다는 듯 눈길을 피한 채 무중력 속에 떠 있었다. 그때 진행 요원의 커다란 목소리가 들렸다.

"다리, 아래쪽으로!"

무중력이 곧 끝나 갈 것이라는 신호였고, 사고를 방지하기 위해 다리를 아래쪽으로 내리라는 신호였다. 두 사람의 몸은 곧 바닥으로 떨어졌다.

"어때? 재미있지?"

이일영이 아무 일도 없었다는 듯 물었다.

"응, 재미있어. 끝난 거야?"

강차연은 목걸이를 손에 꼭 쥐고 있었다.

"아니, 몇 번 더 뜰 거야. 다음번엔 눈을 뜨고 하늘을 날아 봐."

"응."

두 사람의 몸이 다시 허공으로 떠올랐다. 이일영이 익숙한 동작으로 텀블링을 했다. 요가 자세를 흉내 내며 공중에 떠 있기도 했고, 슈퍼맨 흉내를 내기도 했다. 강차연은 무중력 상태가 여전히 낯설었다. 몸이 허공에 떠 있다는 것만으로 웃음이 났다. 무중력과 중력 상태를 계속 오가는 비행기 안에서는 사람들의 웃음이 끊이지 않았다. 비행기에서 내려올 때 사람들은 잘 걷지 못했다. 무중력에 이미 적응한 것이다. 계속 웃음을 터뜨리며 넘어지는 강차연을 이일영이 부축해 주었다.

비행을 마친 두 사람은 근처에 있는 카페로 향했다. 빨리 어딘가에 앉고 싶었다. 중력의 영향을 받는다는 건 대체로 짜증 나고 힘든 일이지만, 지금만큼은 중력의 영향권에 있다는 것이, 모든 것이 떠다니지 않고 제자리에 붙어 있다는 것이 다행스럽게 여겨졌다.

"이거 낙하산 모양이네?"

강차연이 목걸이를 제대로 들여다보고는 말했다.

"응, 구하느라 힘들었어."

"T-10 모델 카피한 거네."

"T-10?"

"응, 군대에서 많이 쓰였던 모델인데 지금은 단종됐어."

"그럼, 별로인 거야?"

"아니, 상관없어."

"낙하산 지긋지긋할 수도 있겠다. 마음에 들어?"

"응, 예뻐. 낙하산 고치는 거야 지긋지긋하지만 낙하산 모양은 언제 봐도 예쁘잖아."

"다행이다."

강차연은 손가락으로 낙하산 목걸이를 만지작거리며 커피를 마셨다.

"이거 되게 재미있다. 처음엔 막 토할 거 같았는데, 나중에는 기분이 묘하게 좋았어."

"내가 진작에 데려왔어야 하는 건데. 낙하산 만드는 애가 무중력 체험을 못해 봤다는 게 말이 돼?"

"에이, 난 만들지는 않잖아. 정확히 말하면 낙하산 수선공이지."

"만드는 거나, 고치는 거나."

"아무튼 오늘, 좋았어."

두 사람이 처음 만났던 15년 전의 이일영은 스무 살이었고, 강차연은 열여섯 살이었다. 이일영은 과학에 관심이 많은 대학생이었고, 강차연은 옷 만들기에 관심이 많은 고등학생이었다. 강차연은 스물일곱 살 때 결혼했다가 이혼을 했고, 아이를 가지고 싶었지만 갖지 못했다. 이일영은 삼촌과 함께 살면서 우주비행사의 꿈을 키웠고, 행성천문학과 물리학을 배웠다. 5년 동안의 우주비행사 훈련을 무사히 마치고 곧 있을 우주비행에 참여할 예정이었다. 우주로 떠나기 위한 그의 과정이 순조롭기만 했던 것은 아니다. 다른 나라의 민간 항공우주개발센터로 유학을 다녀왔고, 민간 우주비행사무국에 들어가기 위해 수많은 과목을 공부했다. 운동도 게을리할 수 없었다. 술을 마시지 않았고, 하루에 무조건 10킬로미터씩 달렸다. 수많은 시간을 들인 끝에야 꿈의 직전 단계에 도달한 것이다. 강차연은 이혼 후 몇 명의 남자를 만났지만 결혼 직전에 번번이 없던 일이 되고 말았으며, 이일영은 자신의 꿈을 이루기 위해서는 결혼을 하지 않는 편이 좋다고 생각했다. 강차연은 혼자 남겨질 것을 두려워했고, 이일영은 무언가 남기고 떠나게 될까 봐 두려웠다.

두 사람은 서로의 얼굴을 볼 때마다 특별했던 과거의 어느 한 장면이 오버랩되었다. 두 사람의 현재 얼굴에는 과거의 얼굴이 포개져 있었다. 두 개의 얼굴이 함께 있었다. 강차연이 스물세 살이었고, 이일영이 스물일곱 살이었을 때, 이일영은 강차연의 과제를 도와주고 있었다. 까르르 웃으면서 이야기를 나누고 몸을 건드리다가 장난처럼 입을 맞추었다. 입술과 입술이 맞닿았을 때 두 사람은 이미 놀라고 있었다. 장난이라고 하기에는 감당할 수 없을 정도로 몸이 떨렸다. 거실에서는 강차연의 아버지가 텔레비전을 보고 있었지만 그런 걸 신경 쓸 겨를이 없었다. 이일영은 강차연의 입술을 깨물며 바싹 다가섰다. 이일영은 강차연의 티셔츠 속으로 손을 넣었다. 브래지어 아래로 밀고 들어가 강차연의 젖가슴을 쥐었다. 이일영은 강차연의 젖가슴을 만지면서 몸을 핥기 시작했고, 강차연은 소리를 내지 않기 위해 애썼다. 소리가 빠져나가지 못하자 몸의 감각은 증폭됐다. 밀봉된 쾌락은 넘치기 직전까지 끓어올랐다. 이일영이 강차연의 팬티에 손을 대자, 강차연이 이일영을 밀어냈다. 강차연은 두려움이 가득한 표정을 한 채 고개를 저었다. 갑자기 들이닥칠지도 모를 아버지에 대한 두려움인지, 눈앞에서 자신을 간절히 원하는 한 남자에 대한 두려움인지, 이일영은 알지 못했다. 강차연은 계속 고개를 저을 뿐이었다.

이일영은 비행사 교육을 위해 다른 지역으로 집을 옮겨야 했고, 별다른 약속을 하지 못한 채 헤어질 수밖에 없었다. 이일영은 강차연에게 전자우편을 보냈지만 강차연은 답장하지 않았다. 읽음 확인이 되어 있는데도 답장을 하지 않는 것이 어떤 이유인지, 이일영은 추측할 수 없었다. 삼촌에게서 가끔 소식을 듣는 것으로 만족해야 했다. 결혼했다는 소식을 들었고, 잘 살고 있다는 소식도 들었고, 이혼했다는 소리는 한참 후에야 들었다. 이일영은 강차연을 빨리 잊었다. 이일영에게는 이뤄야 할 목표가 있었다. 잠깐 동안은 강차연과 헤어진 것이 오히려 잘된 일일지도 모른다는 생각도 했다. 결혼하고 아이가 생기고 단란한 가정이 생기면 엉덩이가 무거워질 게 분명했다. 2년 전, 강차연이 아버지를 돕기 위해 돌아왔을 때 두 사람은 다시 만났다.

이일영은 강차연을 다시 만났을 때 자신의 감정을 이해할 수 없었다. 편안하면서도 떨렸다. 불안하기도 했지만 설레기도 했다. 어쩌면 곧 있을 우주비행 때문인지도 모르겠다고 생각했다. 삼촌의 표현에 따르면 '꽁무니에 죽음을 달고 살아야 하는 우주비행사의 숙명 때문에' 현실이 낯설게 느껴지는 것인지도 몰랐다. 삼촌은 늘 이렇게 말했다. "우주비행사가 된다는 건 불붙은 로켓에 엉덩이를 대고 저기 위까지 가는 일이야. 저기까지 가면 제일 먼저 무슨 생각이 드는 줄 알아? 지구로 돌아가면 못 해 본 걸 모조리 다 해 봐야겠구나." 이일영은 멀리 보이는 우주의 막막한 어둠을 겪어 보지 못했지만 삼촌의 말이 무슨 뜻인지 알 것 같았다. 어떤 사람들은 이일영에게 묻는다. 죽음에 대한 동경 같은 게 있느냐고. 그토록 위험한 곳으로 왜 날아가고 싶어 하느냐고. 이일영은 아직까지 정확한 대답을 해 본 적이 없다.

"어때? 괜찮아?"

강차연이 목을 앞으로 내밀며 말했다.

"그래, 잘 어울린다."

이일영은 강차연의 목에 걸린 낙하산을 보면서 이상하게 자신이 떨어지고 있다는 감각에 사로잡혔다. 강차연의 목에 걸린 낙하산이 펄럭이는 것 같았고, 자신의 몸이 무한한 공간 아래로 낙하하고 있는 것 같았다.

관제 센터, 들리나?

마음 같아선 유영을 계속하고 싶지만, 마지막 기록을 남기기 위해 다시 X-40 내부로 들어왔다. 기내 산소량은 이제 5퍼센트다. 기내에만 들어오면 환영이 보인다. 신기한 일이다. 이번에는 여자 친구의 모습이 나타났다. 음, 자세한 내용은 생략하겠다. 여기서 이런 장면을 보게 될 줄은 몰랐다. 실제처럼 생생하다. 감각이 다 느껴진다. 나도 모르게 그녀의 이름을 불렀다. 갑자기 기분이 이상해진다. 녹음을 그만하겠다. 기내 산소량은 5퍼센트다.

14

이일영은 기숙사의 오픈 하우스 행사 때 강차연을 초대했
다. 이일영이 소속돼 있는 민간 우주비행업체 스페이스 블랙
이 매년 개최하는 오픈 하우스는, 우주비행선 승선, 로켓 가
속도를 견디는 훈련 체험, 우주에서 먹는 기내식 저녁 뷔페
등 인기 있는 프로그램이 많은 데다 매년 100명만 초대하기
때문에 암표까지 생길 정도로 표를 구하기 힘들다. 지난해 오
픈 하우스 때는 마땅히 초대할 사람이 없어 이일영 역시 벼룩
시장에 티켓을 내놓았다. 올해는 상황이 달랐다.

이일영은 자신의 기숙사에 강차연이 들어올 수 있다는 생
각에 잠을 이루지 못했다. 사흘 동안 기숙사 구석구석을 깨
끗하게 청소했다. 화장실의 타일은 오랜만에 제 색깔을 찾았

고 책상 아래의 묵은 먼지들도 모조리 끌려나왔다. 우주비행
선으로 만들어진 모빌의 먼지도 깨끗하게 닦아 냈다. 태어나
처음으로 향초도 샀다. 우주비행사 선배에게 빌린 재즈 CD
를 청소할 때마다 들었다. 만약 기숙사에 단둘이 있게 된다면
어떤 음악이 좋을까. 너무 빠른 음악도 너무 느린 음악도 피
해야 했다. 우주비행사 훈련을 받는 5년 동안 여자를 사귄 적
은 있지만 기숙사로 초대한 적은 한 번도 없었다. 3년 전부터
1인실을 쓰고 있었기 때문에 마음만 먹으면 누구든 초대할
수 있었지만 그러고 싶지 않았다. 강차연에게는 이 방을 보여
주고 싶다는 생각이 들었다.

오픈 하우스 날 아침에는 밥을 잘 먹지 못했다. 식욕이 없
었다. 오픈 하우스가 시작되는 오후 5시까지의 거리는 달보다
멀어 보였다. 이일영은 오전 내내 비행선을 조종하는 컴퓨터
게임에 몰두했다. 시간을 빨리 보내는 방법은 그것뿐이었다.
점심은 간단히 샌드위치로 요기하고 마지막 점검을 했다. 향
초에 불을 붙이고, CD 재킷을 보기 좋게 꺼내 놓았다.

강차연은 저녁 8시가 되어서야 나타났다. 낙하산을 리패키
징하는 과정에서 작은 사고가 있었고, 직원을 데리고 병원에
다녀와야 했다. 오픈 하우스에 도착한 강차연은 넋이 나간 모
습이었다.

"오빠, 식당은 문 닫았어? 나 오늘 한 끼도 못 먹었어."

강차연은 이일영의 침대에 주저앉았다.

"내가 얼른 뛰어갔다 올게."

이일영은 식당으로 뛰었지만 저녁 식사 시간은 이미 끝난 후였다. 기숙사 근처의 식당으로 달려갔다. 포장할 만한 음식이 눈에 띄지 않았다. 이일영은 식당 거리를 한참 돌아다닌 후에야 햄버거와 샌드위치, 김밥을 살 수 있었다. 곧 기숙사로 돌아간다는 문자메시지를 보내고 이일영은 다시 뛰었다. 기숙사로 들어오는 입구에는 우주비행선을 타기 위한 줄이 길게 늘어서 있었다. 별이 많이 보이는 저녁이었다. 잔디밭에서 술을 마시는 사람도 있었다. 몇몇은 폭죽을 터뜨리면서 큰 소리로 웃고 있었다.

강차연은 모로 누운 채 잠들어 있었다. 이일영은 강차연에게 이불을 덮어 주었다. 스탠드도 껐다. 재즈 CD를 무한 반복시켜 놓았던 오디오 플레이어도 껐다. 작은 창으로 빛이 새어 들어왔지만 커튼은 닫지 않았다. 완전히 깜깜하면 잠에서 깬 강차연이 놀랄 수도 있을 것 같았다. 폭죽 터지는 소리가 먼 곳에서 들려왔다. 이일영은 어둠 속에서 달리 할 일이 없었다. 책을 읽을 수도, 게임을 할 수도 없었다. 밖으로 나가고 싶지는 않았다. 옅은 불빛 덕분에 강차연의 얼굴이라도 보이는 게 다행이었다.

폭죽 소리가 사그라들고 웅성거리던 사람들의 목소리도

작아졌을 때 강차연이 잠에서 깼다. 강차연은 눈을 깜빡이며 꿈에서 현실로 이어진 다리를 건넜다. 잠들었던 순간부터 끊어진 기억의 고리를 시간 감각으로 이어 보려 애썼다. 이일영이 자신을 내려다보고 있었다. 폭죽 하나가 길을 잃은 아이의 울음처럼 뒤늦게 터졌다. 강차연은 현실로 넘어오는 다리를 완전히 건넌 다음, 이일영을 향해 두 팔을 벌렸다. 안아 줘, 라고 그녀가 말했지만 목소리는 잘 나오지 않았다. 목소리가 나오지 않았어도 이일영은 그 목소리를 들었다. 이일영은 침대로 들어가 강차연을 안았다. 강차연의 머리가 이일영의 품을 파고들었다. 이일영의 품에 딱 들어맞도록 고개를 조금씩 흔들며 자리를 찾아 갔다. 레고 블록이 제자리에 들어가듯 정확히 들어맞는 자리가 있었다. 강차연은 눈을 감고 숨을 들이쉬었다. 안전한 냄새, 걱정하지 않아도 되는 냄새가 머리끝까지 밀려들었다.

이일영은 그녀의 깊은 곳까지 들어갔다. 어둠을 살피듯 그녀의 눈빛을 살폈다. 어둠 속에서 눈을 감는 모습이 보였다. 기숙사 복도로 누군가 큰 소리를 지르면서 지나갔다. 이일영은 잠깐 멈칫했지만 다시 한 번 그녀의 엉덩이를 움켜쥐었다. 움켜진 엉덩이 사이로 한숨을 토해 내듯 뜨거운 열기가 새어 나왔다. 그녀의 입에서도 얕은 신음이 흘러나왔다. 불빛이 젖가슴의 그림자를 만들었다. 이일영은 그림자를 뭉개듯 젖가슴을 쥐었다. 혀로 그림자를 핥았다. 두 사람의 몸은 천천히 서로의 열기를 가늠하고 있었다. 이일영은 강차연의 몸속에서 빠져나오지 않은 채 오랫동안 머물렀다. 깊은 몸속에 두 사람의 심장이 장착돼 있는 것처럼 혈관의 펄떡이는 진동을 느낄 수 있었다. 강차연은 온 세상이 뒤집히는 것 같은 쾌감을 느꼈다. 두 사람의 혈관과 힘줄과 뼈들이 하나로 합쳐지는 것 같았다. 강차연의 신음이 조금씩 가파른 음으로 변해 갔다. 이일영의 온몸은 속눈썹처럼 파르르 떨렸다. 사정하지 않으려고 견디는 이일영의 힘이 강차연의 엉덩이를 세게 움켜쥐었다. "오빠, 꼭 안아 줘." 강차연의 두 다리가 그의 몸을 감쌌다. 이일영은 양손으로 그녀의 허벅지를 젖히고 더 깊이 들어가려고 안간힘을 썼다. 두 사람의 리듬이 하나로 연결되었다. 톱니바퀴가 맞물리듯 서로의 몸이 서로의 빈 곳을 채웠다. 서로의 신음이 서로의 몸을 움켜쥐면서 놓아주지 않았다. 이일영은 모든 걸 쏟아 내고 그녀의 몸 위로 엎어졌다.

이일영은 어떤 소리를 들었다. 자신의 몸에서 모든 게 빠져나가던 마지막 순간, 어떤 소리가 자신의 몸속으로 들어오는 듯한 느낌을 받았다. 진공으로 스며드는 미래의 예언 같기도 하고, 두꺼운 먼지를 털어 내면 드러나는 과거의 기억 같기도 했다. 언어로 이뤄진 소리는 아니지만 분명한 의미가 있었다. 이일영은 자신의 몸이 무수히 많은 조각으로 분해되는 것 같왔고, 지금 여기에 있지만 여기에 없는 것 같기도 했다. 그는 과거에도 있고 현재에도 있고 미래에도 있는 것 같았다. 이일영은 어쩌면 자신이 죽은 것인지도 모른다고 생각했다. 이일영은 강차연을 끌어안았다. 살의 감촉을 느낄 수 있었지만 살아 있다는 실감은 나지 않았다. 이일영은 울음이 날 것 같았다. 참아 보려고 강차연을 더욱 세게 끌어안았다. 귓속의 소리는 사라지지 않았다.

3부

15

송우영은 어머니의 편지를 읽던 날 밤, 소리 내어 울었다. 가구가 없는 집은 울음을 증폭시키는 앰프였고, 아무것도 남지 않은 어머니의 집은 부재와 소멸을 상징하는 모델하우스였다. 송우영은 울지 않으려 애쓰던 마음까지 놓아 버리고 계속 울었다. 편지를 읽으면서도 울었고, 다 읽고 나서는 큰 소리로 울었다. 울면서 편지를 봉투에 넣었다. 제자리에 넣어 두지 않으면 평생 정확한 위치를 알아내지 못할 것 같았다. 편지에 적힌 세부 상황은 각각 달랐지만 모든 편지가 같은 내용이나 마찬가지였다. 모든 글자들이 하나의 방향을 가리키고 있었다. 이 글을 쓴 사람은 이제 사라지고 없다. 어머니의 글씨를 계속해서 보는 것도 송우영에게는 고통스러운 일이었다. 열두 통의 편지를 차곡차곡 정리해 둔 다음 송우영은 집을 나섰다. 어디로든 가야만, 집에서 벗어나야만 울음을 멈출 수 있을 게 분명했다. 송우영은 아무런 생각을 하지 않고 계속 걸었는데, 자신도 모르게 백퍼센트 코미디 클럽 앞까지 와 있었다. 이런 상황에 코미디 클럽으로 걸어온 자신이 한심해서 머리를 쥐어박고 싶었다. 입구에서 호객하는 열아홉 살 꼬맹이 민우가 송우영에게 말을 걸어왔다.

"형, 얼굴이 왜 그래요? 누구한테 맞았어요?"

"많이 이상해?"

"멀리서 보면 형인지 몰라보겠어요."

"안에 누구 공연하고 있어?"

"세미 누나."

"다시 시작했어?"

"오늘이 컴백 무대예요. 들어가서 응원 좀 해 줘요."

송우영은 화장실로 가서 거울을 보았다. 머리카락은 엉망으로 꼬여 있었고, 얼굴 전체가 물에 불린 것처럼 퉁퉁 부어 있었다. 머리카락을 정리했더니 조금 나아 보였다. 차가운 물로 세수를 하고 티슈로 얼굴을 닦았다. 젖은 머리카락 때문에 물에서 갓 건져 올린 수중 생명체 같았다. 세미의 목소리 중 큼지막한 것들이 화장실까지 들려왔다. 뒤이어 관객들의 웃음소리도 함께 따라왔다. "남자들은 …… 바지를 …… 망

할, 처녀가 …… 불알이 한 개뿐인 …… 생각을 좆으로 하고
…… 난 네가 처음이야 …… 남자들은 만날 똑같은 소리죠."
송우영은 세미의 레퍼토리를 대충 알고 있어서 조금씩 들리
는 소리로도 어떤 이야기를 하고 있는지 알 수 있었다. 송우
영이 가장 좋아하는 레퍼토리는 세미가 할머니 목소리 연기
를 하면서 욕을 하는 것이었다. 할머니 목소리 연기는 전 세
계에서 최고가 아닐까 싶을 정도였다. 친절한 할머니, 욕하는
할머니, 귀여운 할머니의 목소리가 모두 달랐다. 할머니와 어
머니와 딸, 3대에 걸친 여성들의 잔혹사를 코미디로 풀어낸
레퍼토리는 언제 들어도 질리지 않았다. 세미의 뛰어난 연기
력 때문이었다. 클럽으로 들어갔을 때 세미는 박수를 받으며
무대에서 내려오고 있었다.

송우영이 생맥주 한 잔을 들고 자리에 앉자 세미가 알은체
했다. 세미는 변한 게 별로 없어 보였다. 헤비메탈 밴드가 그
려진 티셔츠와 청바지를 입었고, 짧게 자른 머리 스타일도 변
하지 않았다. 멀리서 보면 남자라고 해도 믿을 정도지만 가까
이서 보면 눈매와 입술이 매력적이다.

"야, 이게 누구야, 코미디의 제왕 송우영 선생이잖아."

"오랜만이네요. 누나는 여전하구나. 어떻게 지냈어요?"

"나 맥주 한잔 사 줄 거지? 하도 털어 댔더니 목이 칼칼하
다."

"마셔요."

"오, 따로 직장 있는 코미디언은 확실히 통이 크네."

"반응 좋던데요."

"웃으라고 허벅지를 막 쑤셔 대는데 웃어야지, 지들이. 그래도 관객들이 옛날만 못해. 옛날에는 진짜 배꼽을 실로 꿰매면서 웃었는데 말야."

"누나가 코미디 얼마나 했다고 옛날 타령이에요."

"하긴, 코미디에 평생을 바치신 송우영 선생 앞에서 그런 소리 하면 안 되지."

"비꼬는 거 그만하고, 자, 한잔해요."

송우영은 생맥주를 한입에 모두 마셨다. 눈물이 빠져나간 자리에 맥주가 채워지는 것 같았다. 두 사람은 곧이어 두 번째 생맥주를 주문했다. 공연이 끝나고 나면 스태프들과 술을 마실 때가 많은데, 끝까지 남는 사람은 늘 세미였다.

"근데 너 얼굴이 왜 그래? 퉁퉁 부었다."

"물을 많이 마셔서 그래요."

"오, 그러셔? 물을 마셔서 얼굴이 부었다? 누나가 물 좀 빼 드려?"

"이상한 농담할 생각도 마요. 그럴 기분 아니니까."

"내가 뭘? 물 좀 빼 드린다는데."

"그런데 왜 갑자기 컴백한 거예요? 코미디 그만하고 싶다더니."

"못 들었어? 로빈 오빠 대타로 들어왔잖아. 인생은 참, 몰라. 로빈 오빠도 한 방에 훅 뜨고 말야."

"로빈 형이 뜬다뇨?"

"몰랐어? 로빈 오빠 텔레비전 프로그램에 나갔다가 실시간 검색어 1위 올랐어."

"코미디로?"

"나도 대충 봤는데 웃긴 에피소드 몇 개가 반응이 좋았나 봐."

"그럼 로빈 형 클럽 그만두는 거예요?"

"잠깐 쉬겠다고 했는데 그만두겠지. 클럽에서 섹스 얘기 여자 얘기 계속 해 봐야 로빈 오빠한테 좋을 게 뭐 있어. 나중에 유명해지면 꼬투리나 잡히지."

"하긴 그렇지."

"엄마 얘긴 들었어."

"네."

"괜찮은 거지?"

"그럼요. 지금이라도 무대에 올라가서 한 다섯 명쯤은 가뿐하게 배꼽 뺄 수 있어요."

"에이, 민우 얘기 들어 보니까 엄마 모셔 드리고 나서도 계속 쉬었다던데?"

"바쁜 일이 좀 있었어요."

"그럼 무대에는 언제쯤 복귀하는 거야? 오랜만에 네 코미디 좀 봐야겠다. 녹이 슬었는지 아닌지, 누나가 판단해 줘야지."

"쟤는 누구예요? 처음 보는 앤데?"

키가 크고 고릴라처럼 생긴 20대 중반의 남자가 마이크를 쥐고 무대에 올랐다. 10시가 넘은 시간이라 대부분의 손님은 빠져나가고 없었다. 남은 손님들도 구석 자리로 옮겨 코미디를 듣지 않고 술만 마셨다. 다섯 명의 손님만 무대에 집중하고 있었다.

"나도 처음 보는 앤데? 일단 하드웨어는 좋다. 웃기게 생겼어. 동물 코미디 하면 잘 먹히겠는데?"

송우영과 세미는 고릴라의 코미디에 여러 번 크게 웃었다. 유명인들의 성대모사는 별 재미가 없었지만 고등학교 때 선생들을 흉내 내는 건 재미있는 레퍼토리였다. 송우영은 맥주를 뿜으면서 웃기까지 했다. 동료 코미디언의 무대를 볼 때면 소리 내어 크게 웃어 주는 게 일종의 예의이기도 했지만 송우영은 진심으로 유쾌하게 웃었다. 그 어느 때보다도 웃음이 필요한 시기였고, 모든 생각을 날려 버릴 만큼 큰 웃음이 필요했다. 그 어느 때보다도 웃을 준비가 되어 있었다.

"내가 집에서 쉬면서 곰곰이 생각해 봤는데 말이야."

세미가 웃음을 멈추며 말했다.

"웃는 건 여자들이 잘하는데, 코미디언은 남자들이 엄청 많잖아. 왜 그런 줄 알아?"

"난 집에서 안 쉬어 봐서 모르겠어요."

"남자들 공감 능력이 떨어져서 그런 거야."

"그게 무슨 소리예요?"

"누군가 아프거나 슬플 때, 여자들은 같이 슬퍼해 주거든. 그런데 남자들은 안 그래. 상황에 완전히 빠져들지 못하고 머리를 굴린단 말야. 아, 씨발 좆됐다, 이런 생각 하거나, 아, 친구들이 기다리는데, 빨리 나가서 술 마셔야 하는데, 완전 잘못 걸렸네, 이런 생각을 한다는 거지."

"그게 코미디랑 무슨 상관이에요?"

"코미디의 핵심이 뭐냐. 거리 두기 아니냐. 거리를 둬야 웃길 수 있고, 상황에 빠져들지 않아야 비꼴 수 있는 거잖아. 여자들은 웃을 때와 슬퍼할 때를 구별할 줄 알지만, 남자들은 그걸 잘 못해. 무조건 웃긴 게 최곤 줄 안다니까. 남자들 머리에 똥이 들어 있는 게 그럴 때는 참 다행이겠어. 다른 건 못해도 웃길 수라도 있으니까 말야."

"똥이 들었는데 웃기지도 못하면 최악인 거네?"

"최악이지. 너는 그래서 다행이야. 최소한 웃기긴 하잖아."

"우아, 엄청나게 고맙다."

"예전에는 웃음이 인간의 중요한 특징일 수 있겠다는 생각을 자주 했는데, 요즘엔 아닌 것 같아. 훨씬 진화된 존재인 여자들보다 동물에 가까운 남자들이 유머에 집착하는 걸 보면, 웃음이란 게 진화를 가로막는 요인인지도 모르겠어."

"세미 누나, 너무 멀리 가셨다. 돌아와요."

"그런가? 그래, 마시자."

송우영과 세미는 무대에서 들려오는 코미디를 안주 삼아 맥주를 마셨다. 몸속에 차곡차곡 술이 쌓이자 송우영은 눈앞에 있는 세미에게 자신의 이야기를 하고 싶었다. 아무것도 모르는 사람에게 속마음을 이야기하고, 그 사람이 자신을 이해해 준다면 조금은 위안이 될 것 같았다. 편견 없이 자신의 이야기를 들어 준 후 '괜찮아, 네 잘못이 아니야.'라는 이야기를 듣는다면 모든 게 나아질지도 몰랐다. 두 아버지의 죽음부터 어머니의 편지, 한 번도 만난 적 없는 형제의 행방불명까지, 말해야 할 것은 너무 많았지만 어디서부터 시작해야 할지 알 수 없었다. 이야기를 시작한다는 게 불가능해 보이기도 했다. 송우영은 코미디 무대에서 아버지 이야기와 가족 이야기를 자주 했기 때문에 이미 모든 걸 말한 것 같다는 생각이 들기도 했다. 송우영의 이야기들은 뚜껑을 따서 정식으로 마신 적은 없지만 오랜 시간 천천히 가스가 새고 있는 탄산음료수나 마찬가지였다. 뚜껑을 여는 순간 병 속에 탄산이 없다는 사실만 확인하게 될지도 몰랐다.

　송우영은 술기운이 깊어지면서 자신이 이야기를 하고 싶어
하는 것인지 세미에게 관심을 얻고 싶어하는 것인지 의심이
들기 시작했다. 이야기가 병 속에서 튀어나오려고 하는 것일
수도 있지만 송우영이 일부러 이야기를 끄집어내고 있는 중
인지도 몰랐다. 굳이 꺼낼 필요가 없는 이야기도 있고, 병 속
에 들어 있는 것만으로 충분한 이야기도 있다. 코미디를 할
때도 그런 혼동이 자주 있었다. 웃긴 이야기들은 이미 그 자
체로 웃긴 이야기들인지, 아니면 자신이 하면서 웃겨지는 것
인지 판단할 수 없었다. 송우영은 웃긴 이야기를 더 웃기게
할 수 있다. 웃기지 않은 이야기도 웃기게 말할 수 있다. 그렇
다면 송우영이 웃기지 못한 이야기는 그 자체로 웃기지 않았
던 이야기일까. 그건 아닐 것이다.

평생 단 하나의 목표를 가지고 살았던 사람 애길 해 드릴
게요. 웃기죠? 그런 사람이 있어요. 목표가 하나뿐이니까 그
걸 자기 몸처럼 아껴야 해요. 매일 목표와 함께 일어나고, 함
께 잠들고, 함께 사랑도 나누고 그랬어요. 어쩌면 사람 모양의
인형을 만들고 목표라는 이름을 지어 줬을지도 몰라요. 그 남
자의 목표가 뭐였냐 하면, 우주비행사가 되는 거였어요. 어릴
때부터 다른 건 없었어요. 무조건 우주비행사, 죽어도 우주
비행사. 남자의 아버지는 우주비행사가 되고 싶어했지만 실패
했고, 남자의 삼촌은 우주비행사 출신이었어요. 성공과 실패
를 나눠 가진 형제였던 셈이에요. 아버지는 자신의 꿈을 이루
지 못했으니 아들이 우주비행사가 되길 바랐고, 삼촌은 우주

비행사라는 멋진 직업을 조카가 이어 주길 바랐어요. 남자는 자연스럽게 우주비행사가 되어야겠다는 목표를 세웠죠. 우주비행사가 될 수 있는 확률은? 딱 반반이라고 생각했겠죠. 실패와 성공의 표본 사이에서 자랐으니까요. 남자는 무조건 성공하고 싶었어요.

남자는 모든 계획을 차근차근 진행시켰어요. 공군에 자원입대했고, 조종사가 됐어요. 제대 후에는 곧바로 민간 항공우주개발센터에 들어갔죠. 남자의 목표는 한 치의 흐트러짐 없이 서서히 이뤄지고 있었어요. 모든 게 완벽하게 진행된다고 생각했을 때, 심각한 문제가 생겼어요. 어느 날 폐소공포증이 생긴 거예요. 우주비행사가 되려면 수많은 훈련을 거쳐야 하는데, 그중에서 남자를 가장 힘들게 했던 게 '우주 구조 공' 속에서 20분을 견디는 거였어요. 우주에서 낙오됐을 때 들어가는 공인데요, 창문도 없이 깜깜한 공 안에서 몸을 구부린 채 가만히 있어야 해요. 지퍼가 하나 달려 있을 뿐이에요. 아, 진짜 생각만 해도 끔찍하죠? 저도 어릴 때 침낭에 갇혀 본 적이 있어서 잘 알아요. 누나랑 장난을 치다가 침낭 속에 들어갔는데, 자세가 뒤바뀌는 바람에 그 안에 갇히게 된 거예요. 지퍼를 찾아 침낭을 계속 더듬는데 얼마나 막막했는지 몰라요. 누나는 제가 장난치는 줄 알고 지퍼가 안 열리게 꼭 붙들고 있었죠. 그게 얼마나 무서운 건지 당해 보지 않은 사람은 몰라요. 그때부터 지퍼공포증이 생겼어요. 누군가 바깥에서 제 방의 지퍼를 올리는 상상을 계속하게 되는 거예요. 바지 지퍼만 봐도 그런 생각이 들어요. 가끔씩 바지 속에 들어 있는 저의 자지가 저와 같은 처지라고 생각해요. 그 속에서 얼마나 답답하겠어요. 내가 딱딱한 자지가 되는 거예요. 안에서 열 수 없는 밀실에 갇혀 있는 놈이죠. 누군가 지퍼를 열어 주지 않으면 절대 밖으로 고개를 내밀 수 없어요. 빨갛게 달아올라 땀을 삐질삐질 흘리며 이렇게 소리를 지르는 겁니다. "똑똑, 여기서 나가게 해 줘요. 소리를 들어 보니까 밖에 괜찮은 여자분들이 많은 거 같은데, 좀 나가면 안 될까요? 지금 터질 것 같아요. 제발 문 좀 열어 줘요." 그럴 때면 녀석이 안에서 지퍼를 열 수 없는 게 얼마나 다행인지 몰라요.

남자는 폐소공포증을 견뎠어요. 이를 악물었어요. 브라보, 지퍼 대가리를 꼭 붙들고 이겨 낸 겁니다. 목표를 이루기 위해서 결국 참아 낸 거죠. 남자에게는 한 가지 희망이 있었어요. 혹시, 우주에 나가면 폐소공포증이 고쳐진다는 얘기 들어 본 적 있어요? 실제로 그렇대요. 막막한 우주에 나가면 끔찍하게 무서울 것 같지만 오히려 가슴이 뻥 뚫리면서 모든 공포가 사라진대요. 파스칼이 이런 말을 했어요. "무한한 공간의 영원한 침묵에 나는 전율한다." 어떤 철학자는 우주의 무한함을 생각하다가 자살하고픈 충동이 일어나기도 했대요. 우주인들은 뭐라고 하는 줄 알아요? "우주에 안 나가 봐서 그런 소리를 하는 거야. 우주에 나가면 뇌의 뚜껑이 열려. 모든 지평선이 사라지고, 경계가 없어져." 남자는 우주인들을 믿기로 했어요. 남자는 우주에 나갈 날만 기다리면서 견뎠어요. 모든 열쇠는 저기 지구 바깥에 있는 거고, 하늘로 날아오르기만 하면 모든 고통이 사라지는 겁니다. 사이비 종교 같은 이야기죠? 현실을 저금하라. 우주의 모든 영광이 너에게 금화처럼 쏟아질 것이니라.

어느 날 남자에게 어머니가 나타났어요. 어릴 때 자신을 버리고 도망갔던 어머니였죠. 만나면 물어보고 싶은 말이 많았어요. 대체 어떤 마음이었는지, 떠나면서 뒤는 돌아보았는지, 선택을 후회한 적은 없는지, 중간에 돌아올 생각을 한 적은 없는지, 아들 사진은 들고 떠났는지, 사진은 어디에 보관했는지, 결혼은 했는지, 새로 만난 남편은 잘해 주는지……. 남자는 결국 하나도 물어보지 못했지만 어머니의 얼굴을 보자마자 모든 걸 알 수 있었대요. 어머니는 아들이 너무 그리워서 자신의 이마에다 문신을 한 거예요. 이마에는 이런 글이 씌어 있었어요. '아들, 네가 무척 보고 싶구나.' 남자는 어머니의 이마에 있는 문신을 보자마자 눈물이 났어요. 주름처럼 파인 문신을 보고 눈물이 났어요.

남자는 어머니에게 보내는 편지에다 이렇게 적었어요. "어머니와 내가 살던 세계는 완전히 다른 우주였지만, 이제 통로가 생긴 거예요. 이제 그 통로가 닫히게 하지 말아요." 어머니는 아들의 편지를 받아 보고는 이렇게 답장했죠. "우주비행선을 꼭 타야겠니?" 아들은 다시 답장했어요. "어머니가 없을 때 그게 저의 유일한 희망이었어요." 어머니는 답장했죠. "이제 엄마가 있잖니." 아들이 또 답장했어요. "이제 와서 포기할 수는 없어요." 어머니는 긴 편지를 썼어요. 요약을 하자면 이런 거죠. '네가 다시 사라질까 봐 두렵단다. 내 곁에 있어 줬으면 좋겠구나.' 아들도 긴 편지를 썼어요. 요약하자면 이런 겁니다. '그건 안 되겠어요, 어머니. 하지만 걱정 마세요. 그렇게 위험한 일이 아니에요. 돌아와서 또 편지할게요.' 어머니는 컴퓨터를 전혀 사용할 줄 몰랐기 때문에 이 모든 이야기들을 종이 편지로 주고받았어요. 오랜 시간 동안 천천히 두 사람의 의견이 오간 거죠. 어머니는 아들이 우주비행선을 타지 않길 바랐고 아들은 어머니가 자신의 우주비행을 축하해 주길 바랐지만 두 사람은 처음으로 그런 이야기를 주고받는다는 게 더 좋았을지도 몰라요.

아들이 탄 우주비행선이 발사되는 날, 어머니는 발사대 근처로 갔어요. 엄청난 화염을 남기고 하늘 위로 날아가는 아들을 보면서, 어머니는 계속 중얼거렸죠. 제발 돌아와야 한다, 꼭 돌아와야 해. 내가 꿈에서 들었던 말은 전부 사실이 아닐 거야. 꿈의 일은, 단지 꿈일 뿐이야. 네가 돌아오지 못할 거라는 말, 우주에서 영원히 살아야 한다는 말은, 모두 꿈이겠지. 꼭 돌아와야 한다.

16

송우영은 꿈에서 하던 말을 반복하며 잠에서 빠져나왔다.
돌아와야 해, 돌아와, 돌아와……, 잠에서 빠져나왔는데 입
은 계속 꿈속의 언어를 발음하고 있었다. 꿈의 여파는 길었다.
몸은 현실에 있었지만 생각과 혀는 꿈속에 있었다. 송우영은
누운 채로 간밤에 어떤 일이 있었는지 생각했다.

"어딜 돌아와?"

송우영은 그 목소리가 꿈속에서 들려오는 것이라 생각했
다. 자신의 이야기에 꿈속의 누군가가 대꾸하는 것인 줄 알았
다. 고개를 돌려 보니 세미가 누워 있었다. 송우영은 당황한
모습을 보이지 않으려고 애썼다.

"여기 어디예요?"

"우리 집이지."

세미는 눈을 뜨지 않고 이야기하고 있었다. 세미는 여전히 꿈속에 있는 것인지도 몰랐다.

"나, 왜 여기 있어요?"

"어제 생각 안 나? 하나도?"

세미가 눈을 뜨며 말했다.

"뭔가 얘기를 많이 한 것 같기도 하고……."

송우영은 세미의 눈을 피하며 말했다.

"얘 봐라, 그렇게 떠들어 놓고 뭔가 얘기를 많이 해? 너 어제 장난 아니었어."

"무슨 얘기 했는데요?"

"난 네가 그렇게 코미디 잘하는 줄 몰랐다, 야. 술 취하니까 끝내주던데? 엄마 얘기랑 네 형 이야기랑 또 뭐였더라, 암튼 재미있었어. 나도 뒷부분은 기억 잘 안 나."

"술 많이 마셨어요? 우리?"

"많이 마셨지. 우리."

"다른 일은 없었어요?"

"다른 일 뭐?"

"술 마시고 나서요."

"내가 너 옷이라도 벗겼을까 봐?"

"머리에다가 메트로놈 넣어 둔 거 같아요. 계속 무슨 소리가 나."

"박자가 빨라?"

"분당 60회 정도쯤 될까."

"그 정도면 준수하네."

"아무튼 별일 없었던 거죠?"

"기억도 못하면서 별일 없었는지는 왜 자꾸 물어봐. 그거 숙녀한테 실례하는 거야."

"왜 실례예요?"

"바보야. 어제는 사랑한다고 말해 놓고 잠에서 깨어나더니 '별일 없었죠?' 이렇게 물어보면 그게 실례가 아니고 뭐냐."

"제가 그랬다고요?"

"아니, 그랬을 수도 있다고. 그랬을 수도 있는데, 기억도 못하면서 자꾸 별일 없었는지 물어보니까 실례라는 거지."

송우영은 한손으로 관자놀이를 누르면서 침대에서 일어났다. 탁자에는 술병이 즐비했다. 데킬라 술병을 보고 있으니 위장에서 화장품 냄새 같은 게 치밀어올랐다. 빈 맥주병도 여러 개 있었다. 술에 대해서는 더 이상 생각하지 않기로 했다. 어제의 기억이 담긴 짧은 영상들이 몇 개 떠올랐다. 자신이 맥주병을 들고 큰 소리로 떠들고 있는 영상이었다.

"나 어제 엄청 시끄러웠죠?"

송우영이 물었다. 세미가 침대에서 일어나 앉았다. 세미가 가까이 다가오더니, 갑자기 송우영의 뺨을 때렸다. 날카롭고 경쾌한 소리가 방 안에 울렸다. 송우영은 얼떨떨해서 뺨을 만지며 뒤로 물러섰다. 세미가 경쾌하게 웃었다.

"뭐예요?"

"뭐긴, 인사지. 재미있었어. 그렇게 술 먹고 떠든 거 오랜만이었어."

세미가 말했다.

"내가 뭐 잘못했어요?"

"아냐, 잘했어. 잘했어, 무척."

세미는 다시 침대에 누웠다.

송우영은 침대에 누운 채 손을 흔드는 세미에게 인사를 하고, 집을 나섰다. 8시 30분이었다. 곧바로 출발해도 출근 시간에 맞추기는 힘들었다. 뺨이 계속 얼얼했다. 세미의 표정은 뭔가 감추고 있는 것 같았다. 송우영이 기억해 내지 못하는 어젯밤의 일이 더 있는 것 같았다. 예전에도 그렇게 둘이서 술을 마신 적은 있었지만, 무언가 감추고 있는 듯한 세미의 표정을 본 것은 처음이었다. 송우영은 버스 정류장에서 그게 뭘지 곰곰이 생각했다. 자신이 했던 어떤 말 때문이었을까, 아니면 어떤 행동 때문이었을까. 갑자기 뺨을 맞고 나니 정신이 들었다. 어젯밤의 영상 하나가 떠올랐다. 술에 취해 세미에게 키스를 하는 자신의 모습이 보였다. 아주 짧은 영상이어서 그게 사실인지 환상인지 바람인지 알 수 없었다. 송우영은 머리를 흔들었다. 키스하는 영상은 곧 사라졌다. 세미에게서 전화가 걸려왔다.

"우영아, 버스 탔어?"

"아뇨."

"그런데 말야, 내가 생각해 봤는데……."

"네."

"내가 주제넘은 건지도 모르겠지만……."

"아니에요. 얘기해요."

"내 생각엔 네가 그 여자를 찾아갔으면 좋겠어."

"무슨 여자요?"

"어제 네가 말했던 그 여자. 우주비행사를 사랑했다던 그여자."

"그 얘길 했어요?"

"길게 했지."

"그 여자를 왜 찾아가요?"

"어제 네가 그랬잖아. 어쩌면 그 두 사람은 사랑한 게 아닌지도 모르겠다고. 서로 사랑한 게 아니라 사랑할 게 필요한 사람들이었는지도 모른다고."

"기억 안 나요."

"난 네 말이 맞을지도 모른다고 생각해. 네 얘기를 듣고 나도 궁금해졌어. 지구에 남은 그 여자, 지금 어떻게 살고 있는지, 어떤 눈빛으로 살아가는지, 무슨 일을 하고 있는지, 견딜 만한지, 그게 궁금해졌어."

"그걸 확인하려고 찾아가는 건 너무 잔인한 일이에요."

"잔인할 게 뭐 있어. 엄마 편지 속에 그 여자 이야기도 들어 있잖아. 그걸 전해 주는 것도 의미가 있지."

"그 여자에게 전해 줘야 하는지는 잘 모르겠어요. 그건 이일영 씨 물건이니까요. 내가 그 여자라면 찾아오는 게 불쾌할 것 같아요."

"일단 너는 그 여자처럼 생각할 수 없어. 그러니까 불쾌할 거라고 미리 짐작하지 마. 오히려 더 반가울 수도 있지. 어쩌면 그 여자는 어떤 흔적이나 소식을 기다리고 있을지도 몰라. 그리고 네가 어제 그랬지. 엄마의 편지가 우주에 가닿았으면 좋겠다고. 우주까진 아니지만 그 여자에게 가닿을 수는 있잖아."

"아직 잘 모르겠어요. 생각해 볼게요."

"혼자 가기 힘들면 같이 가 줄게. 나, 주말에 시간 있어."

"하나만 물어볼게요."

"그래."

"어제 우리 키스했어요?"

"하하하하하, 그랬어? 우리 키스했어?"

"왜 웃어요?"

"너 진짜 바보 같다. 몰라, 그랬나?"

세미는 전화를 끊었다. 송우영은 버스를 탔다.

어머니의 편지가 어딘가에 가닿으면 좋겠다는 말을 했던 건 기억이 났다. 송우영은 편지를 읽는 내내 그런 마음이 들었다. 어딘가에 가닿지 못할 편지를 쓰는 심정을 송우영은 알지 못하지만 어머니가 완성한 글자들이 모두 증발하여 먼 곳으로 이동하면 좋겠다는 생각을 했다. 어머니의 편지를 그 여자에게 전해 주는 게 옳은 일인지에 대해서는 확신이 들지 않았지만 어머니의 편지가 누구의 손에도 닿지 못하고 땅에 묻히는 것보다는 낫다는 생각이 들었다. 어머니의 편지 속에서 그녀의 분량은 극히 적었지만, 그래도 등장인물이긴 하니까 그걸 전해 주는 의미는 분명히 있었다. '인간은 타인이 보는 자신의 모습 속에서 진정한 자아를 찾을 수 있다'고 했던 게 누구였더라. 문장이 조금 다른 것 같긴 하지만 분명히 누군가의 명언이었다고 송우영은 기억했다. 어머니가 언급한 부분을 듣는다면 여자는 좋아할 것이다. 송우영은 여자를 찾아가는 쪽으로 방향을 잡아 가고 있었다. 일이 끝나면 그녀의 행방을 물어봐야겠다고, 그래서 세미와 함께 찾아가야겠다고 송우영은 생각했다. 세미에게서 "힘들면 같이 가 줄게."라는 말을 듣는 순간 송우영은 이미 결심을 굳혔는지도 모른다.

송우영은 버스에서 어머니의 편지를 꺼냈다. 읽으면서 가장 마음이 아팠던 편지였다. 수년 전 어머니의 마음을 이제야 읽게 된 것이 괴로웠다. 읽고 또 읽어서 편지의 모든 내용을 외우고 싶었다. 외워서 그 말을 완전히 이해할 수 있다면 수백 번도 더 외울 수 있었다. 편지는 이렇게 시작했다.

일영아, 나도 모르게 너에게 말을 할 때가 있다. 네 동생 우영이가 어렸을 때, 녀석을 혼내면서 그게 너라는 생각을 할 때가 있었다. 그럴 때면 나는 한 번에 두 아들을 모두 혼내는 거야. 우습게 들리겠지만 정말 그랬어. 우영아, 그렇게 엄마 마음을 모르겠어? 라고 말하면서 나는 너에게도 말한다고 생각했어. 속으로는 네 이름도 함께 불렀어. 너에게는 들리지도 않을 텐데도 그렇게 말을 했단다. 나는 언제나 네가 곁에 있다고 생각했다. 그랬더니 언제부턴가 네 목소리가 들리기 시작했고, 내가 물으면 네가 대답을 했다. 환청이 아니라 정말 네가 대답을 했어. 엄마, 알겠어요. 미안해요. 그런 말을 네가 직접 내게 들려줬어. 몇 달 전 너를 만났을 때 나는 확실하게 알게 됐지. 그 목소리가 환청이 아니라는 사실을 말야. 허공에서 내게 대답했던 목소리는 분명 네 목소리였어. 환청이 아니라 실제 네 목소리였어. 어떻게 그런 일이 가능할까? 간절히 원하면 언제든 네 목소리를 들을 수 있는 걸까? 나는 언제나 간절히 간절히 원했어. 네가 내 목소리를 들을 수 있다면 좋겠다고 늘 생각했어.

　간절하고 간절하게 원하는 게 있으면 이루어질까? 송우영은 믿지 않았다. 아무리 간절해도 이룰 수 없는 것은 이룰 수 없는 것이라 생각했다. 사람의 힘으로 가능하지 않은 일이 훨씬 많다고 느꼈다. '간절히 간절히'는 어머니가 자주 쓰는 말이었다. 송우영은 어머니가 자신에게 원했던 단 하나가 바로 '간절하고 간절하게 살아가는 것'이라는 사실을 알았지만, 의도적으로 그렇게 살지 않았다. 아무것도 원하는 게 없는 사람처럼 시간을 낭비하면서 살았다. 후회하고 싶지는 않았다.

백퍼센트 코미디 클럽, 9월 8일

그게 다 무슨 의미가 있어요? 제가 코미디언이 되기로 마음먹었던 게 바로 이 말 때문이었습니다. 다시 한 번 정확하게 말해 드리죠. '그게, 다, 무슨, 의미가 있어요?' 잘 들으셨나요? 별 얘기 아닌 것 같죠? 저한테는 무척 중요한 말입니다. 제가 어릴 때부터 가출을 좀 자주 했어요. 나가는 게 취미였죠. 누가 물어보더라고요. "넌 그렇게 좋은 집에 살면서 왜 자꾸 가출을 하는 거냐?" 그럴 때마다 전 이렇게 대답합니다. "나갔다 오면 집이 좋은 걸 느낄 수 있거든요." 정말입니다. 한번 나갔다 와 보세요. 홈 스위트 홈이 따로 없어요. 한번은 일주일 정도 가출했다가 집에 돌아왔는데, 집에 아무도 없는 거예요. 아, 정말 미칠 노릇이었죠. 가출한 청소년에게 이러면 안 되는 겁니다. 이러면 가출이 성립 안 되거든요. 집에 들어올 때 한바탕 큰 소동이 벌어져야지 가출하는 사람도 가출할 맛이 나는 겁니다. 아무도 없는 걸 확인하고 나니까 맥이 확 빠지더라고요. 다시 나갈까, 그냥 조용히 내 방으로 들어갈까, 고민하고 있는데 몸이 너무 피곤해요. 그래서 조용히 방으로 들어갔죠. 침대에 누워서 잠이나 자려고 하는데 책상에 편지가 한 장 놓여 있는 겁니다. 그게 뭐였는지 아세요? 엄마가 가출한다는 편지였어요. 와, 진짜 콩가루 집안이죠? 이게 어떤 장면인지 알겠어요? 뉴욕시에 킹콩이 나타나서 "우어어어어" 하고 소리를 지르니까 사람들이 막 놀라 자빠집니다. 킹콩이 우쭐대고 있는데 뒤를 보니까 엄청나게 큰 고질라가, 킹콩보다 스무 배는 커다란 고질라가 빤히 내려다보고 있는 겁니다. "어이, 킹콩 너 뭐하니?" "나, 사람들 겁주고 있었는데?" "그 정도로는 어림없어. 이 정도로 해야지. 어허허허허 크르르륵." "그래, 너 몸집이 커서 좋겠다. 잘해 봐, 난 먼저 갈게." 제 모습이 바로 고질라를 만난 킹콩 꼴이었어요. 엄마는 편지에다 이렇게 적었습니다. "아들아, 집에 혼자 있는 건 너무 힘들구나. 집에 돌아왔으면 쉬고 있으렴." 아버지는 출장이 잦았으니 그때도 집에 없었죠. 그래도 참 대단한 엄마죠? 엄마는 그날 밤에 돌아왔어요. 돌아와서는 저하고 제대로 한판 붙었죠. 엄마가 두 컵 정도 눈물을 흘리고 나더니, 예, 당연히 와인잔은 아니었고, 위스키 스트레이트잔 정도였죠, 저한테 이렇게 말했어요. "난 네가 꿈이 있었으면 좋겠다." 세상에, 그게 엄마가 아들한테 할 소리입니까? 너무 멀찍이 떨어져서 하는 충고 아니에요? 보통 엄마들은 그렇지 않죠. 엄마가 다시 말했어요. "네가 어떤 일을 하든 좋아. 목표를 정하고, 노력하고, 실패하고, 다시 새로운 목표를 정하고……, 그렇게 살았으면 좋겠어. 뭔가 간절히 원해 보라고." 망할, 이런 엄마 보셨어요? 아들이 실패했으면 좋겠다네요. 하하……, 제가 이렇게 대꾸했죠. 엄마, 목표요? 저 목표 있어요. 하루빨리 고등학교를 때려치우고 집을 나가는 게 제 목표예요. 엄마는 놀랐죠. 그렇게 면전에서 반항한 적은 없었거든요. "뭐가 문제니?" 문제는 없어요. 제가 태어난 게 문제라면 문제겠죠. "엄마한테 그게 무슨 말이니?" 엄마니까 비밀을 얘기해 드리는 거예요. 전 아무래도 엄마의 실패작인 것 같아요. "그렇게 엄마 마음을 모르겠니?" 모르겠어요, 아니 알겠어요. 알면, 안다고 해서, 그게 다 무슨 의미가 있어요. 제가 엄마 마음을 안다고 해서 아빠 엄마 사이가 다시 좋아질 수 있어요? 엄마 마음을 알면, 깨진 컵이 다시 붙을 수 있어요? 그렇게 말을 하는데, 어떤 생각이 들었는지 아세요? 우아, 씨발, 내가 말을 왜 이렇게 잘하지? 이거 뭐야, 완전 입에 모터를 물고 태어난 놈 같잖아? 그때부터 엄마가 뭐라고 뭐라고 떠들었는데, 하나도 귀에 안 들어오더라고요. 다음 날 학교에 가서 그 말을 유행시켰어요. 가출해서 뭐 했는지 물어보길래 세세하게 다 얘기해 줬죠. 밤새 술 마신 얘기랑, 클럽 앞에서 여자들과 수다 떤 얘기랑, 밤 기차 타고 바다에 간 얘기랑 전부 해 주고 나서 이렇게 덧붙여 줬습니다. "그래 봤자, 그게 다 무슨 의미가 있겠어." 열심히 얘기를 듣던 애들은 '이거 뭐야, 이 새끼 뭐야, 한참 얘기 잘하다가 갑자기 이게 뭔 소리야?' 이런 표정으로 저를 보더라고요. 허를 찔린 거지. 제 얘기를 들으면서도 그런 생각을 잠깐 했을 테니까 말이에요. '씨발, 가출해서 재미는 있었겠지만 그게 다 무슨 의미가 있어.' 녀석들에게 제대로 먹힌 겁니다. 그날부터 우리 반 애들은 얘기 끝에 그 말을 덧붙이게 됐어요. "그래, 그렇긴 한데, 그게 다 무슨 의미가 있겠어." 이게 전염병 같은 겁니다. 엄청 예쁜 여자 얘기를 하다가도 마지막은 언제나 이렇게 끝나요. "그래, 예쁘긴 한데 그게 다 무슨 의미가 있겠어." "그 영화 재미있긴 한데 그게 무슨 의미가 있겠어." 애들은 제 덕분에 엄청난 철학적 고민을 하기 시작한 겁니다. 고등학생 주제에 삶의 본질에 접근한 거라 이거죠. 무슨 의미가 있습니까? 의미가 있어요? 앞에 앉아 계신 여자분, 몇 살이죠? 스물두 살? 와, 진짜 재미있을 나이네요. 신나게 놀고 있죠? 남자 친구도 있고? 아, 옆에 계신 분이 남자 친구? 그런데 그게 다 무슨 의미가 있어요. 남자 친구랑 같이 재미있게 놀고, 결혼하고, 그래 봤자, 그게 다 무슨 의미가 있어요? 힘이 쫙 빠지죠? 막 살기 싫어지죠? 살아서 뭐해, 무슨 의미가 있는데? 반항할 수 있어요. 반항해 보세요. 삶의 의미를 찾아서 저한테 얘기해 보세요. 그래요. 그런데, 그게 무슨 의미가 있어요? 요즘 엄마가 병원에 누워 계신데요, 속으로 이렇게 물어봅니다. 나이가 드니까 이제는 대놓고 반항하기 힘들어요. 이렇게 물어봅니다. 그래서요, 엄마, 이렇게 살아 보니까 무슨 의미가 있어요? 사는 게 무슨 의미가 있는 거 같아요? 간절하고 간절하게 원하면서 살아 보니까 어때요? 정말 사는 게 의미가 있어요? 이건 마치 제로와 같은 거예요. 어떤 수를 곱해도 결과는 제롭니다. 그 어떤 의미를 저한테 얘기해 보세요. 그게 대체 무슨 의미가 있나. 제로예요. 저는 아침에 일어나서 단단해진 제 자지를 보면서 얘기합니다. "어이, 바짝 긴장하지 마, 그게 무슨 의미가 있어." 그러면 자지가 시무룩해지면서 조용히 가라앉아요. 팬티 바깥으로 삐죽 고개를 내밀었다가 슬그머니 팬티 속으로 기어 들어갑니다. 스트레스 받는 일이 있으면 제 자신에게 이렇게 말합니다. "열 받지 마, 그게 다 무슨 의미가 있어." 여러분도 한번 해 보세요. 사는 게 의미가 있어요? 아니면 의미가 없어요? 입 닥치세요. 그게 무슨 말도 안 되는 질문이에요. 사는 건 당연히 의미가 있죠. 백 퍼센트 의미가 있죠. 그런데 말입니다. 의미가 없다고 생각해야 의미가 생깁니다. 의미가 있다고 생각하는 순간 의미가 없어져요. 무슨 말인지 알겠어요? 남자분들은 다들 잘 알 거예요. 발기를 해야겠다, 라고 생각하는 순간 발기는 물 건너갑니다. 발기란 건 아무것도 의식하지 않을 때 자연스럽게 일어나는 겁니다. 발기해야 한다는 강박이 생긴다는 건 발기에 문제가 있는 거예요. 예쁜 여자가 지나갈 때 이런 생각 합니까? '오, 이제부터 흥분해 봐야겠어, 발기를 시도해 봐야지.' 발기는 소리 없이 우리를 덮치는 법이에요.

자, 다음 순서는, 저보다는 조금 약하지만 꽤 재미있는 코미디언입니다. 세미를 불러 보겠습니다. 다 함께 불러 봅시다. 세미, 나와 주세요.

17

"네 덕분에 드라이브도 하고 좋다."

세미는 차창 밖으로 손을 내밀어 바람을 만졌다. 바람의 묵직한 질감이 세미를 흔들고 지나갔다.

"난 그렇게 손 내밀면 불안하더라."

송우영이 창 밖으로 뻗은 세미의 손을 슬쩍 보면서 말했다.

"뭐가 불안해?"

"뭐가 날아와서 손목을 댕강 자를 것 같지 않아요?"

"갑자기 뭐가 날아와? 무서운 소리 하지 마."

"자동차가 이렇게 빨리 달리는데 앞에서 뭐가 날아올지 모르잖아요."

"예를 들면 어떤 거?"

"뭐 UFO일 수도 있고 앞차가 떨어뜨리고 간 알루미늄 조각이나 다른 쓰레기일 수도 있고."

"그런 사건이 많대?"

"아뇨, 들은 건 아니고 손을 내밀 때마다 그런 생각이 들더라고요."

"너 신경과민이다."

"화성탐사선 뉴스 본 적 있어요?"

"응, 봤지. 요즘 뉴스에 매일 나오던데?"

"그거 보면 무섭지 않아요?"

"왜 무서워?"

"우리가 화성에 대해서 아는 게 거의 없잖아요. 정말 한 치 앞도 모르는 거라고요. 개뿔 아는 것도 없는데 저렇게 무한한 공간을 탐사한다는 게 무섭지 않아요? 뭐가 튀어나올지 모르고, 어떤 일이 생길지 모르잖아요. 이상한 행성이 뒤통수를 때릴 수도 있고, 폭발 같은 게 일어날 수도 있고……. 개미들이 태평양을 항해하는 거랑 비슷할 거예요. 아니, 그것보다 우주는 훨씬 크니까 더 무시무시하겠지."

"바보야. 무서우니까 가 보는 거야. 인류가 발전한 것도 그것 때문이잖아."

"야, 아버지처럼 말하네."

"맞다. 아버지가 우주비행사라고 그랬지?"

"아버지 아니고 엄마의 전 남편. 그리고 우주비행사는 아니고 우주선 정비사였어. 지금은 죽었고."

"심드렁하게 말하네."

"잘 모르는 사람이니까."

"그 여자 주소 알려 준 사람이 그분 동생이네?"

"맞아요."

"엄청 촌구석에 살고 있나 보다. 아직도 50킬로미터나 남았어."

"낙하산 연구실이랬어요."

"우아, 그러면 우리도 낙하산 타 보고 그럴 수 있나? 그거 뭐지? 패러글라이딩인가? 그거 되게 재미있겠던데⋯⋯."

"누나는 진짜 겁이 없나 보다. 무서운 거 없어요?"

"나 무서운 거 많지. 애들이 무서워."

"무슨 애들요?"

"그냥 애들. 무서운 애들. 길 가다가 우연히 마주쳤는데, 애들이 나를 빤히 쳐다보면 난 너무 무서워. 막 소름이 끼쳐. 애들인데, 그 안에 다른 사람이 살고 있는 거 같고, 난 환생을 믿지는 않는데 애들을 보면 믿고 싶기도 해. 그 안에 애들 말고 무시무시한 전생의 영혼이 들어와 있는 거 같아."

"이상한 생각 많이 하네."

"넌 뭐가 무서운데?"

"좀 자요."

"아냐, 바람 맞으니까 기분 좋아."

"팔은 내밀지 마요."

"그래, 뭐가 있을지 모르니까."

"맞아요. 뭐가 있을지 몰라."

4부

18

강차연은 10층 높이의 난간에서 아래를 내려다보았다. 높아 보이지 않았다. 사뿐하게 뛰어내릴 수도 있을 것 같은 높이였다. 높아 보이지 않는 높이의 위험함을 강차연은 잘 알고 있었다. 땅 위의 물건이 손에 쥘 수 있을 것처럼 가깝게 느껴지는 높이지만, 실제로는 누군가의 삶과 죽음을 결정지을 수 있을 만큼 치명적인 거리다. 멀고도 또 먼 높이다. 가깝게 보인다고 해서 모든 것이 가까운 건 아니다. 강차연은 난간 너머로 다리 하나를 넘겼다. 곧 반대쪽 다리도 난간 밖으로 넘겼다. 두 팔을 몸 뒤로 하여 난간에 매달렸다. 두 손을 놓으면 곧장 아래로 떨어질 것이다. 순식간에 바닥에 닿을 것이다. 그 어떤 생각도 끼어들 수 없을 정도로 짧은 시간일 것이다.

강차연은 낙하산 목걸이를 만지작거리면서 심호흡을 했다.

— 준비되면 말해요.

무전기 이어폰으로 소리가 들려왔다.

— 준비됐어요.

강차연이 담담하게 말했다.

— 오케이, 카운트다운 갑니다, 셋, 둘, 하나, 스타트.

강차연이 난간을 붙들고 있던 손을 놓으며 앞으로 뛰었다. 양팔로 중심을 잡으며 아래로 곤두박질했다. 독수리의 날갯짓처럼 퍼덕대는 소리가 짧게 들리더니 강차연의 몸이 낙하산과 함께 위로 솟구쳤다. 강차연은 양어깨의 손잡이를 붙들고 낙하산을 조정했다.

— 차연 씨, 현재 상태 보고해요.

— 어깨끈이 조금 헐거워진 것 말고는 괜찮아요.

— 낙하산 열릴 때 풀어진 거예요?

— 그런 것 같아요.

— 서스펜션 라인(suspension line)은 어때요?

— 상태 좋아요.

— 오케이. 내려오면 확인해 볼게요.

강차연은 스티어링 라인(steering line)을 조절하며 이리저리 움직여 보았다. 바람과 어울리며 낙하산이 흔들렸다. 연구동 입구로 차 한 대가 들어오는 게 보였다. 강차연이 전에 본 적 없는 자동차였다. 입구의 경비실에서 이야기가 길어지는 걸 보니 불청객이 분명했다. 강차연은 손잡이를 조절해 곧바로 하강했다. 단단한 땅이 강차연을 반겼다.

"낙하산 반응 속도는 괜찮은 것 같은데, 어때요?"

기술팀 백준호가 다가오며 물었다.

"기류가 문제예요. 지금이야 괜찮지만 빌딩 사이에서는 조정하기가 쉽지 않겠어요."

"그래도 많이 안정된 편이에요. 다음엔 기류 테스트도 같이 해 봅시다."

"위에서 보니까 누가 찾아온 것 같던데요?"

"그래요? 오늘은 미팅 잡힌 거 없었는데."

백준호는 연구동 입구 쪽을 보았다. 건물에 가려 입구는 보이지 않았다.

강차연은 낯선 사람의 갑작스러운 방문에 맥박이 빨라졌다. 머리는 차분하지만 가슴은 뛰었다. 그동안 강차연은 얼마나 많은 '만약'을 생각했는지 모른다. 얼마나 많은 '혹시'를 떠올렸는지 모른다. 번번이 기대와는 다른 결과에 실망했지만 '만약'과 '혹시'를 떠올리지 않게 될 날이 오는 게 더 두려웠다. 실망하더라도 아무것도 기대하지 않는 쪽보다는 나았다. 어쩌면 강차연이 기다리는 것은 사라진 사람이 아니라 사라진 과거일지도 모른다는 생각도 들었다.

"차연 씨, 손님 왔다는데요."

전화를 받고 있던 백준호가 말했다.

"누구래요?"

강차연이 물었다.

"엇, 그건 안 물어봤네요. 물어볼까요?"

백준호가 휴대전화를 다시 위로 들어 올렸다.

"아뇨. 괜찮아요. 이거 뒷정리만 좀 해 줄래요?"

강차연은 깔끔하게 접어 놓은 낙하산을 가리키며 말했다. 포개진 낙하산은 누군가 먼 길을 떠나기 전에 가지런히 벗어 놓은 옷가지 같았다. 바람이 불어도 포개진 낙하산은 미동도 하지 않았다. 강차연은 목걸이를 만지작거리면서 빠른 걸음으로 연구동을 향했다.

19

연구동 회의실 문을 열면서 강차연은 중얼거렸다. "별일 아닐 거야, 긴장하지 마." 손잡이를 돌리는 손이 떨렸다. 낙하산 연구소로 직장을 옮긴 지 6개월이 지났지만 낯선 사람이 찾아온 것은 처음이었다. 아버지 강훈과 '캡틴' 이치욱이 각각 한 번씩 찾아온 것이 방문의 전부였다. 강차연은 기숙사에서 단조로운 삶을 살았다. 생각할 겨를이 없는 일을 하고 싶었다. 낙하산 테스트 업무도 자원했다. 낙하산 테스트를 하기 위해 2개월간 강하 훈련을 받을 때, 강차연은 편안했다. 아무런 생각을 하지 않을 수 있어서, 하늘에서 떨어지는 일로 고통을 분담하는 것 같아서, 저녁이 되어 피곤한 몸을 침대에 걸치면 곧바로 잠들 수 있어서 좋았다.

강차연이 떠나자 강훈은 우주왕복선의 낙하산 수리 업무를 다른 사람에게 넘기고 '스페이스 블랙'의 경비로 지원했다. 캡틴은 드론을 연구하겠다며 어딘가로 사라졌다. 강차연은 알고 있었다. 자신이나 아버지나 캡틴 모두 새로운 일을 찾아 떠난 것이 아니라 과거의 기억을 버리기 위해서, 서로의 얼굴을 볼 자신이 없어서 떠난 것이다. 남겨진 사람인 게 싫어서, 서로의 얼굴을 보고 있으면 자신이 남겨진 사람인 게 분명해지니까, 일부러 떠난 것이다. 이일영의 실종은 폭탄이 되었고, 세 사람은 파편처럼 흩어졌다.

　　회의실 책상 너머에는 남녀가 앉아 있었다. 강차연은 눈인사를 하고 자리에 앉았다. 먼저 이야기를 꺼내고 싶지 않았다. 두 사람이 어떤 이야기를 하든 놀라지 않을 준비만 하고 있었다. 강차연은 두 사람의 외모를 자세히 보았다. 어쩐지 봐두어야 할 것 같았다.

　　"강차연 씨인가요?"

　　남자가 먼저 입을 열었다.

　　"네, 제가 강차연입니다."

　　아무런 감정도 싣지 않기 위해 애쓰며 강차연이 대답했다.

　　"근무 중인데 번거롭게 해서 죄송합니다."

　　"괜찮아요. 오늘 일은 대충 끝났어요."

　　"낙하산 개발 일을 하신다고요."

"네."

"전에는 SRB 낙하산 관리를 하셨다고 들었습니다."

"그랬죠."

강차연은 조바심이 나서 제대로 답을 할 수가 없었다.

"이일영 씨 일이 있은 후에 그랬다고 들었습니다."

"죄송한데, 그렇게 빙글빙글 주변을 배회하지 말고 곧장 들어와 주시겠어요? 어지럽네요."

"알겠습니다. 눈치채셨겠지만 저희는 스페이스 블랙에서 나왔습니다."

모든 질문은 남자가 했고, 감색 재킷을 입은 여자는 고개를 숙인 채 책상만 내려다보고 있었다.

"눈치 못 챘어요."

강차연은 여자 쪽을 보면서 대답했다.

"네, 저희는 스페이스 블랙에서 사고 처리를 맡고 있습니다. 그외에도 여러 가지 일을 하죠. 공정 관리도 하고, 액체 연료도 저희가 관리합니다. 이일영 씨 일은 저희로서도 무척 안타깝게 생각하고 있습니다. 스페이스 블랙에서도 그렇게 큰 사고는 처음이었기 때문에 무척 당황하고 있습니다. 아시겠지만, 스페이스 블랙에서는 사고에 대해 아주 면밀하게 조사해야 하기 때문에 오랫동안 공식적인 언급을 할 수 없었습니다. 그 점 죄송하게 생각합니다. 저희는 이치욱 씨를 먼저 찾아갔습니다."

"캡틴이 뭐라던가요?"

"캡틴요?"

"그분 별명이 캡틴이에요. 우주비행사 출신이었죠."

"네, 저희도 우주비행사 출신이란 건 알고 있었습니다. 그분은 저희를 만날 수 없다고 하더군요. 아예 얘기를 들을 생각도 하지 않고, 할 얘기가 있으면 강차연 씨를 찾아가 보라는 말만 반복했습니다."

"어째서요?"

"거기까지는 저희도 모르겠습니다. 실례지만, 강차연 씨는 고인과는 어떤 관계였는지요?"

"고인이오?"

"아, 죄송합니다. 이일영 씨요."

"공식적으로 그렇게 부르기로 한 건가요? 일영 씨는 사망한 건가요?"

"아시겠지만, 우주에서의 사망과 실종은 별 차이가 없습니다. 실종이라는 단어를 쓰는 이유는 저희가 시신을 수습할 수가 없기 때문에 편의상 그렇게 부르는⋯⋯."

"편의상이라고 하셨어요?"

"네, 편의상 그렇게 부르는⋯⋯."

"사람이 죽고 살았는지를 편의에 따라서 결정짓나요?"

"저희도 이일영 씨의 사고는 안타깝게 생각합니다. 그렇지만……."

"실종이라고 하셨죠? 실종이라고 생각한다면, 실종 신고가 들어왔으면 뭔가 조치를 취하셔야 하는 거 아닌가요?"

"네, 스페이스 블랙에서도 여러 가지 방법으로 계속 연락을 시도했습니다. 잘 아시겠지만, 우주에서의 실종을 확인한다고 해도 저희가 할 수 있는 일은 아주 적습니다."

"실종이라고 생각한다면 수색대라도 보내야 하는 거 아닌가요?"

"수색대라……. 강차연 씨도 이쪽 계통의 일을 하셨으니 잘 아시겠지만……."

"아까부터 뭘 잘 알 거라고 계속 이야기하시는데요, 전 아무것도 몰라요."

"예, 일단 차근차근 얘기를 나눠 보시죠. 이일영 씨와는 어떤 관계였는지요. 가족 사항에는 강차연 씨와 관련된 내용이 없어서요."

"여자 친구예요."

"그렇군요. 이치욱 씨 얘기를 듣고 그럴 거라고 짐작은 했습니다만……. 우선 이치욱 씨 말고는 이일영 씨의 가족은 없는 상태입니다. 이치욱 씨의 요청이 있었으니 강차연 씨에게 현재까지의 상황을 보고 드리겠습니다. 괜찮으시겠습니까?"

"말씀해 보시죠."

"지난 10월 22일, 우주정거장에서 암모니아 가스가 유출되는 사고가 있었습니다. 캡틴의 지휘 아래 수리 작업을 진행하던 중 이일영 씨가 타고 있던 모듈에서 이상이 발견됐습니다. 작은 폭발이 있었고 이일영 씨는 급하게 탈출을 시도했지만, 궤도 이탈 방지 시스템에 작은 문제가 있었습니다."

"작은 폭발……, 담담하게 말씀하시네요."

"죄송합니다. 저희로서는 그렇게 말씀드리는 수밖에 없습니다. 당시 녹음된 대화를 들어 보면, 이일영 씨는 신체에 이상을 느낀 것 같습니다. 지속적으로 몸의 상태를 체크했을 때 수치상으로는 아무런 문제가 없었습니다만, 저희의 정밀한 조사에 따르면 이일영 씨는 사고 당시 경미한 폐소공포증이 있었던 것으로 보입니다. 모듈이 본체와 분리된 이후에는 오히려 그런 증상이 사라졌습니다. 이일영 씨가 자신의 모듈을 본체와 분리한 것은 옳은 결정이었습니다. 만약 조금이라도 분리가 늦었더라면 본체에까지 영향을 미쳤을 겁니다. 이 부분에 대해서는 스페이스 블랙의 모든 직원을 대표하여 깊은 감사를 드리는 바입니다. 저희의 최종 입장은 아래와 같습니다. 이일영씨가 실종된 이번 사고의 1차적 책임은 스페이스 블랙의 기기관리 소홀로 인한 것이다. 사고의 모든 책임은 스페이스 블랙에게 있다. 단, 이일영 비행사가 자신의 신체 상태를 관리자에게 백 퍼센트 보고하지 않은 것은 우주비행사 규칙에 위배되는 것으로, 이일영 씨의 건강 상태와 사고의 상관관계에 대해서는 보다 심층적인 조사가 이뤄져야 할 것으로 본다."

"잠깐만요. 지금 그게 무슨 말이에요? 일영 씨에게도 책임이 있다는 얘기를 돌려서 하는 거예요? 그럼 녹음된 대화를 들려줘 보세요."

"아뇨. 책임이 있다는 뜻은 아닙니다. 그 부분에 대해서는 어떤 판단을 내릴 수 없다는 뜻입니다."

"녹음된 대화를 들려주세요."

"그건 보안상 들려드릴 수가 없습니다."

"저한테는 이상하게 들리네요. 지금 그런 설명을 하는 이유는 뭔데요?"

"이 과정은 의례적인 것입니다. 저희 사고 조사단은 가족들에게 정기적인 보고를 하도록 되어 있습니다만, 이번 사건은 실종으로 처리된 데다 이치욱 씨가 계속 저희를 피하는 바람에 일정이 늦어진 것일 뿐입니다."

"댁들, 좀 어이없네요."

"이런 말씀 드리는 게 어떨지 모르겠습니다만, 솔직하게 저희는 강차연 씨에게 보고를 드릴 의무는 없습니다. 직계가족도 아니신 데다……"

"네, 알겠어요. 그러시겠죠."

강차연은 말없이 책상 아래를 내려다보았다. 발바닥 아래에서부터 무언가 끓어오르고 있는데, 그걸 어떻게 참아야 할지 알 수 없었다. 그들의 말이 맞다는 것은 알고 있었다. 이일영과 자신은, 실은 아무런 관계도 아니었다. 결혼한 사이도, 결혼을 약속한 사이도, 심지어 결혼의 조짐이 보이는 사이도 아니었다. 그렇지만 이일영의 실종 이후로 강차연의 몸 어딘가에는 커다란 웅덩이가 하나 생겼다. 다른 것으로 계속 메우려 해도 절대 메워지지 않는 블랙홀 같은 웅덩이였다. 모든 것을 빨아들이지만 정작 그 속이 어떤 것으로 채워졌는지는 들여다볼 수 없었다.

"여기에 사인을 좀 부탁드리겠습니다."

남자가 서류 한 장을 강차연에게 밀었다.

"이게 뭡니까?"

강차연은 종이의 글자들이 잘 보이지 않았다. 눈이 침침하게 흐려지고 있었다.

"별건 아닙니다. 저희에게 이런 내용을 들었다는, 사고에 대한 과정을 들었다는 확인서 같은 겁니다. 사인을 한다고 해도 다른 효력이 생기는 건 아니고요. 의례적인 겁니다."

"직계가족도 아니라더니, 사인하라는 건 좀 이상하지 않나요? 아무리 의례적인 거라고 하더라도요. 전 못 하겠습니다."

"강차연 씨, 그 종이를 읽어 보면 아시겠지만 정말 아무런 내용도 없습니다. 들었다는 것, 그게 전부입니다. 들으신 걸 들었다고 사인하는 것뿐입니다."

"아뇨. 전 사인 못 하겠습니다."

"답답하네요. 저희도 이런 절차를 거치는 게 참 이상하다고 생각합니다만, 이건 그냥 절차일 뿐입니다. 저희의 고충도 좀 알아주셨으면 좋겠습니다. 그 종이를 한번 읽어 봐 주시죠."

강차연은 남자의 말을 받아 무언가 쏘아붙이려다가 그만두었다. 종이에 적힌 글을 읽어 보려다가 다시 포기했다. 속에서 끓어오르는 열기 때문인지 눈알의 습도가 높아지고 있었다. 종이 위에 어떤 글이 적혀 있든 사인을 하는 순간 이일영과 관련된 모든 기억과 이별하게 되고, 눈물이 쏟아질 것 같았다. 손등으로 눈가를 훔쳐 보았다. 이미 물기가 묻어나고 있었다. 남자와 여자는 별다른 표정의 변화 없이 강차연을 보고 있었다. 사인을 받지 않으면 절대 물러나지 않겠다는 의지가 표정에 드러났다. 큰 변화 없이 오랫동안 유지할 수 있는 표정이었다. 강차연은 펜을 집었다. 두 사람을 빨리 방에서 내보내고 싶었다. 강차연은 자신의 이름을 쓰고 옆에다 자신의 이름을 흘겨 썼다.

"감사합니다. 강차연 씨."

두 사람은 강차연이 건넨 종이를 들고 일어섰다.

"한 가지만 물어볼게요."

강차연이 말했다.

"말씀하십시오."

"그 사람이 살아 있을 확률은 전혀 없나요? 다른 정거장에 도킹했거나 아니면 다른 행성에 도착했거나…… 아니면 제가 잘 모르는 또 다른 가능성으로 살아 있을 확률은 없나요? 당신들은 전문가잖아요. 돌아오길 바라는 게 아니라 거기서 다른 방식으로 살아 있을 확률은 없나요? 우주는 어마어마하게 넓잖아요. 그 안에서 살아 있을 확률이 있는 거 아니에요? 우리는 모르지만 살아 있을 수도 있잖아요."

"살아 있다고 해도, 그건 '살아 있다'는 우리의 기준과는 다른 방식으로 살아 있는 거겠죠."

"기준이 무슨 필요가 있어요. 살아 있을 수 있잖아요? 전문가들이니까 제가 모르는 뭔가를 알 거 아니에요."

"더 이상 드릴 말씀이 없네요."

"우주 미아가 되면 어떻게 되죠? 썩나요?"

"만약 다른 영향이 없다면 냉동된 채 우주를 떠돌고 있겠죠."

"냉동되는군요."

"저희도 추측할 뿐입니다. 아마 그럴 겁니다. 운석에 부서지거나 그럴 가능성도 있습니다만, 별다른 충격이 없다면 냉동

되어 떠다니다 조금씩 부서지겠죠."

강차연이 더 이상 대꾸하지 않자 두 사람은 목례를 하고 밖으로 나갔다.

강차연은 이일영이 먼 곳에 있다는 걸, 돌아올 수 없는 길로 갔다는 걸, 오랜만에 실감했다. 실종되었을 뿐이야. 죽은 게 아니라 실종이라고. 이일영의 모습이 떠오를 때마다 강차연은 그렇게 최악의 상황을 건너뛰곤 했다. 잠들지 못하던 새벽이면 가끔 이일영의 실종을 실감하기도 했다. 이일영의 죽음을 실감하다 보면 강차연은 자신의 죽음까지 떠올릴 수밖에 없었다. 몸속에 살고 있던 또 다른 강차연이 바깥으로 빠져나가서는 자신에게 손가락질하는 모습이 보였다. 너는 이제 곧 죽을 거라고. 알겠어? 이일영이 갔던 그곳으로 곧 따라가야 한다고. 거기에 뭐가 있는 줄 알아? 거긴 아주 캄캄해. 네가 너인지 알아볼 수도 없을 정도로 캄캄해. 너무 캄캄해서 네가 네 손을 잡아도 그게 네 손인지 알 수 없어. 옆사람의 손을 잡았대도 그게 네 손이 아니라는 증거를 댈 수 없어. 몹시 캄캄하니까. 견디기 힘들 정도로 캄캄하니까. 그렇게 있다 보면 너는 점점 네가 누군지 알 수 없게 되겠지. 너는 네가 너라는 사실을 더 이상 알 수 없게 되겠지. 돌아올 길은 없어. 환생 같은 건 다 거짓말이야. 그냥 어둠 속으로, 완전한 제로속으로 빨려 들어가는 거지. 가야 할 날이 멀지 않았어. 멀지 않았다고! 강차연은 소리를 질러서 또 다른 강차연을 쫓아냈다. 소리를 지르고 자신의 머리를 쥐어박으면 강차연은 사라졌다. 그런 일이 있고 난 다음에는 쉽게 잠들지 못했다.

낙하산 하강을 처음으로 했을 때도 강차연은 이일영을 생각했다. 함께 무중력 비행 체험을 했던 순간을 떠올렸고, 우주의 어딘가를 떠돌고 있을 그의 몸을 생각했다. 단독 낙하를 처음으로 할 때 강차연은 잠시 머뭇거렸다. 낙하산을 펼치지 않으면 삶은 완전히 달라질 것이었다. 삶은 순식간에 사라질 것이었다. 아주 간단한 동작을 하지 않는 것으로 삶을 송두리째 바꿀 수 있었다. 낙하산 레버를 잡아당겨 자신의 몸이 위로 솟구쳐오를 때, 강차연은 이대로 우주까지 날아갔으면 좋겠다고 생각했다.

평범한 날에는 자주 이일영을 잊었다. 죽지 않았고, 어딘가에 존재하고 있을 거라 생각하면 마음이 한결 편안했다. 이일영을 위한 것이 아니라 자신을 위한 거짓말인 걸 알았지만 그렇게라도 해야 일상을 유지할 수 있었다. 두 사람의 방문이 강차연의 일상을 송두리째 빼앗아 갔다. 그가 살아 돌아올지도 모른다는 생각과, 그는 실종된 채 어딘가에 존재하고 있을 거라는 생각을 더 이상 하기 힘들지 몰랐다. 강차연은 책상에 머리를 찧었다.

강차연은 자신만의 공간인 건물의 옥상으로 올라갔다. 매일 저녁 옥상에서 담배 한 개비를 피우는 게 하루 일과를 마감하는 방식이었다. 낙하산을 메고 내려다볼 때와 옥상에서 내려다보는 풍경은 전혀 달랐다. 낙하산을 메고 있으면 모든 풍경은 빨리 나타났다가 순식간에 사라졌다. 옥상에서 내려다보면 모든 풍경은 아주 오랫동안 그 자리에 있을 것처럼 평화로웠다. 멀리서 폭죽이 터지는 게 보였다. 다양한 모양의 폭죽이 하늘에서 흩어지고 있었다. 어젯밤 뉴스에서 꽃 축제 소식을 알리는 아나운서의 말이 생각났다. 아나운서는 '오늘부터 이번 주말까지가 봄꽃이 만개하는 시기'라고 했다. 꽃이 피는데, 왜 폭죽을 쏘아올리는지 강차연은 이해할 수 없었다. 어쩌면 꽃과 폭죽을 받아들이기에 자신의 마음이 너무 어두워서 그런 것인지도 모르겠다고 생각했다. 담배를 비벼 끄고 옥상에서 내려가려고 할 때 전화 벨이 울렸다. 이치욱이었다.

"그놈들 왔다 갔지?"

"그놈들요? 네, 왔다 갔어요."

"뭐래?"

"일영 씨가 죽은 건 자기들 잘못이기도 하지만 일영 씨가 폐소공포증을 숨긴 탓도 있다, 그런 이야기였어요."

"멍청한 새끼들. 그게 감춘다고 해서 감춰지나."

"네?"

"폐소공포증이란 걸 감출 수 있느냐는 거지. 그놈들 말 믿

167

을 거 없어. 너한테 찾아가라고 한 건 미안한데, 그래야 놈들의 관심을 좀 돌릴 수 있을 것 같아서 그랬어."

"저는……, 괜찮아요."

"너한테 보여 줄 게 하나 있는데…… 언제 이쪽으로 좀 올수 있겠어?"

"뭔데요?"

"전화로 말하긴 그렇고, 내가 그쪽으로 가기도 뭣해서."

"주말에는 갈 수 있을 거예요."

"그래, 내가 주소 찍어 줄 테니까 일요일에 보자."

"캡틴."

"응. 말해."

"아뇨, 그냥 힘들어서 한번 불러 봤어요."

"싱겁긴."

"캡틴이라고 부르면 누군가 의지할 사람이 있단 생각이 들거든요."

"마음껏 불러. 부른다고 닳는 이름도 아닌데."

"캡틴."

"그래."

"저, 힘들어요."

"힘들겠지."

"그래도 낙하산 타면 기분이 좋아요."

"이제 낙하산을 타기도 해?"

"낙하산 테스트 업무도 자원했어요."

"위험하진 않고?"

"설마 우주로 날아가는 것보다 위험하겠어요?"

"그래, 그렇겠구나."

"미안해요, 일부러 그런 건 아니에요."

"아냐, 네가 미안할 게 뭐가 있어."

"낙하산 타고 내려올 때 주로 뭘 하는 줄 알아요?"

"글쎄다, 낙하산 줄로 뜨개질 같은 걸 하면 좋겠네."

"웃겼어요, 캡틴."

"다행이다."

"자주 울어요. 낙하산 탈 때."

"왜? 떨어지는 게 무서워?"

"이상하게 자꾸 눈물이 나요. 정말 캡틴 말대로 무서워서 그런가 봐요. 그래도 눈물이 금방 말라서 좋아요."

"그렇겠구나."

"일요일에 봐요."

"그래, 일요일에 보자."

관제 센터, 들리나?

궤도 랑데뷰를 연습할 때가 생각난다. 같은 궤도에서 앞서 날아가고 있는 우주선을 따라잡은 다음 랑데뷰를 성공시켜야 하는 시뮬레이션이었을 거다. 내가 제일 헤매던 수업이었다. 조교들 고생 좀 시켰지. 따라잡으려면 속도를 줄이고 궤도를 낮춰야 하는데, 나는 그게 마음대로 잘 안 됐다. 분명 이론적으로는 아는데 계속 속도를 높이고 있는 거다. 참새 조교가 매번 이렇게 소리를 질렀지. 이봐, 훈련생, 속도를 낮춰. 속도를 높이면 궤도가 높아지잖아. 쩍쩍, 쩍쩍, 반대 방향으로 로켓을 분사하라고, 그래야 궤도가 낮아지면서 속도가 높아질 거 아냐, 생각을 하라고, 생각을, 쩍쩍, 관제 센터 이 메시지를 들으면 참새 선생에게도 안부 전해 주기 바란다. 제대로 한번 해 볼 수 있는 기회였는데, 아쉽다. 기내 산소량은 이제 2퍼센트다. 동생을 마지막으로 한 번 더 보고 싶었는데 아쉽다. 혹시, 동생이 이 메시지를 들을 수 있다면, 꼭 전하고 싶은 말이 있다. 우영아, 넌 재능이 있어. 공연을 딱 한 번밖에 못 봤지만, 넌 타고난 코미디언이야. 공연을 보면서 얼마나 많이 웃었는지 몰라. 집에 돌아와서 나 혼자 연습도 해 봤다고. 우주정거장에서는 사람들을 앉혀 두고 실제로 공연도 해 봤어. 결과는 처참했지만 그래도 재미있더라. 어떻게 해야 사람들을 웃길 수 있을지 고민하는 시간이 그렇게 행복할 줄 몰랐어. 네 공연을 한 번만 더 볼 수 있으면 얼마나 좋을까. 시간이 좀 더 있다면 너한테 코미디를 배울 수도 있을 텐데 말이야. 그래도, 딱 한 번뿐이었지만, 네 공연을 볼 수 있어서 좋았어. 사랑은 같은 곳을 바라보면서 함께 걸어가는 거라는 얘기도 좋았어. 네가 내 얼굴을 보면서 그렇게 얘기해 주는데, 정말 좋더라. 차연이도 네가 재능이 있다고 했어. 기억나지? 강차연. 네가 그랬잖아. 우리보고 깊은 사랑 나누라고. 고맙다. 웃게 해 줘서. 기내 산소량은 여전히 2퍼센트다.

20

라디오를 들으면서 운전하던 강차연은 별생각 없이 CD를 플레이시켰다. 자동차에서는 최신 히트곡을 모아 놓은 CD를 주로 들었기 때문에 당연히 신나는 비트가 흘러나올 것이라고 예상했다. 사람들이 웅성거리는 소리와 정체를 알 수 없는 잡음이 스피커에서 들렸을 때는 플레이어가 고장난 줄 알았다. 누군가 마이크 테스트 하는 소리를 듣고 나서야 그게 어떤 CD인지 알았다. 기억의 강 건너편에서 누군가 자신을 부르고 있었다.

우주비행을 몇 달 앞두고 이일영이 재미있는 곳으로 데려가 주겠다며 강차연을 불러냈다. 기숙사에서의 일이 있은 후 두 사람은 급격하게 가까워졌다. 매일 저녁 통화했고, 주말이 되면 함께 여행을 떠났다. 이일영은 새로운 이벤트를 만들어 강차연을 초대했다. 야외로 드라이브를 가거나 놀이공원에 가서 롤러코스터를 타기도 했다. 도시락을 싸서 공원의 벤치에서 먹기도 했다. 강차연 역시 이일영과 함께하는 주말의 사소한 시간들이 좋았다. 이혼하고 난 후 처음으로 일상이라고 생각되는 날들이 이어졌다. 함께 웃고 함께 먹고 함께 이동했다. 함께 잠에서 깬 날도 있었다. 강차연은 한동안 일상을 믿지 않았다. 일상은 언제 부서질지 모르는 종이 상자 같은 것이었다. 작은 충격에도, 낮은 압력에도, 일상은 송두리째 박살났다. 이일영과 가까워진 후에도 일상을 믿지는 못했지만, 일상이 쉽게 깨질 수 있다는 생각 덕분에 더욱 소중하게 다룰 수 있게 됐다. 강차연은 자주 웃었다.

이일영이 특별한 곳이라며 데려간 곳은 코미디 클럽이었다. 입장료로 3만 원을 내면 맥주 한 병을 기본으로 주고, 무대에서는 프로페셔널 코미디언과 아마추어 코미디언이 끊임없이 코미디를 하는 클럽이었다. 이일영은 강차연의 손을 꼭 쥐고 연신 웃었다. 코미디를 하고 있지 않을 때도 계속 웃었다. 저녁 8시가 됐을 때, 이일영이 손가락으로 누군가를 가리켰다. 다음으로 무대에 오를 코미디언이 옆에서 대기하고 있었다.

"저 사람이 누군지 알아?"

이일영이 물었다.

"몰라. 누군데?"

강차연이 되물었다.

"내 동생."

"동생?"

"응, 내 동생이야."

"진짜 동생?"

"응, 엄마가 재혼해서 낳은 아들."

"저 사람도 오빠가 온 거 알아?"

"모르지. 내 얼굴도 몰라. 엄마가 알려 줘서 오늘 처음 와 본 거야. 이상하게 긴장된다."

"오빠가 왜 긴장돼. 코미디언이니까 잘하겠지."

"아마추어 코미디언이잖아. 그리고 코미디언이라고 다 웃긴 건 아니야."

"그래도 어느 정도는 웃기니까 무대에도 서는 거 아니겠어?"

"내가 예약도 해 뒀어. 코미디 공연 녹음된 걸 CD로 살 수 있대."

"시작한다."

백퍼센트 코미디 클럽, 6월 20일

저는 하루에 한 번씩 자위행위를 합니다. 1년이면 365번 자위행위를 하게 되는 건데요, 다른 건 까먹어도 자위행위는 절대 안 까먹어요. '매일 영어 단어를 하나씩 외워야지.' 이런 각오는 며칠 안 가서 포기하지만 자위행위는 잊어버린 적이 없어요. 섹스와 자위행위의 가장 큰 차이가 뭔지 아세요? 섹스는 실패할 확률이 있습니다. 자지가 서지 않을 때가 있어요. 너무 피곤하거나 너무 힘이 없으면 서지 않을 때가 있어요. 그러면 섹스는 불가능하죠. "자기야, 어떻게든 구겨서 넣어 봐. 아니면 접어서 넣든가." 그렇게 말하는 여자는 한 번도 못 봤어요. 그냥 한숨을 쉬면서 돌아눕죠. "그래, 괜찮아. 자기야, 그럴 수도 있지." 이러면서 한숨을 쉽니다. 나는 괜찮지 않다고! 잘하던 짓도 멍석을 깔아 주면 못 한다는 말이 있어요. 바로 그 얘기예요. 잘하던 짓도 침대에 애인이 누워 있으면 못 하는 겁니다. 자지가 서지 않아도 자위행위는 할 수 있습니다. 신기한 일이에요. 자위행위를 하고 나면 몸이 아주 개운해져요. 몸에 있는 나쁜 기운들이 한꺼번에 쭈욱 빠져나가는 거 같아요. 저는 자위행위를 할 때마다 그런 생각을 합니다. 어째서 하나님은 남자의 정액을 이렇게 찐득찐득하게 만드셨을까. 그냥 물처럼 맑게 나오면 참 좋잖아요. 닦아 내기도 좋고, 청소하기도 쉽고. 아니면 노란색이나 분홍색으로 예쁘게 나오든가 그것도 힘들면 오징어 먹물처럼 튀는 색도 괜찮고요. "자기야, 오늘 정액 색깔 너무 이뻐. 가지고 싶어." 이렇게 정액 마니아들이 생길 수도 있잖아요. 물론 그걸 다른 데다 보관하면 큰일나겠지만요. 하나님은 왜, 어째서, 정액을 그렇게 만드셨을까요? 우리에게 죄의식을 심어 주려고 그랬던 걸까요? '이렇게 끈끈한 것들은 문제가 있는 것들이야, 나쁜 짓이라고!' 이런 생각을 하게 하려고 그랬던 걸까요? 앞에 계신 여자분. 네, 지금 뒤돌아보시는 분요. 이름이 뭐예요? 뭐요? 강차연 씨? 하, 남자가 이름을 대신 얘기해 주네요. 남자 친구예요? 강차연 씨는 남자 친구 정액 색깔 마음에 들어요? 나이도 있는 분이 뭘 그렇게 부끄러워해요. 마음에 들어요? 다른 색이었으면 좋겠다고 생각해 본 적 있어요? 이런 질문은 생전 처음 들어 보죠? 제 생각에 남자의 정액이 다른 색이 아니고 회백색인 이유는 말이죠, 취향을 타지 않게 하려는 하나님의 디자인 감각 때문인 것 같아요. 블랙 셔츠는 취향을 타지 않잖아요. 마찬가집니다. 회백색 정액은 취향을 타지 않거든요. 정액이 녹색이라고 생각해 봐요. 여자 친구가 그러겠죠. "자기 뭐야, 헐크였어? 색깔이 왜 이래?" 분홍색이면 이러겠죠. "오빠, 이게 색이 왜 이래, 난 핑크 싫다고 했잖아. 우리 헤어져." 누구나 섹스를 즐길 수 있게, 정액의 색은 회백색으로 정한 겁니다. 투명하게 할 수는 없어요. 왜냐하면 그건 정액이니까요. 물이랑 구별해야죠. 그렇지만 물처럼 취향을 타지 않는 색으로 정한 겁니다. 창조주의 놀라운 지혜죠.

자위행위를 하면 좋은 점이 하나 더 있습니다. 지금 한창 밤꽃이 흐드러지게 필 시기인데요, 일부러 꽃향기를 맡으러 나갈 필요가 없어요. 그냥 스스로 '탈, 탈, 탈, 탈' 이렇게 발전기를 돌리면 꽃망울이 팍 터지듯 밤꽃 향이 피어오르는 겁니다. 남자의 몸이 얼마나 신비롭습니까. 발전기를 돌리면 꽃이 피는 거예요. 제가 아는 분 중에 우주비행사가 되려는 분이 있는데요. 제 꿈도 비슷해요. 우주에 나가 보는 겁니다. 저기 우주에 나가서 자위행위를 해 보는 거예요. 중력이 없으니까 엄청 힘들겠죠? 정액도 터져 나오기 힘들겠죠? 무지하게 궁금합니다. 나중에 펀딩을 좀 받아 봐야겠어요. '우주자위행위발전소'를 만들어서 제가 꼭 해 볼 겁니다. 그 전에 하는 건 다 무효예요. 제가 침 발라 놨어요. 여러분이 증인이 되는 겁니다. 아셨죠?

이런 말이 있습니다. '사랑은 같은 곳을 바라보면서 함께 걸어가는 것'이다. 아, 진짜 명언입니다. 사랑을 해 본 사람이면 이 말에 동의할 거예요. 왜 같은 곳을 바라보는가. 마주 앉아서 얼굴 보는 게 지겹기 때문이죠. 서로 얼굴을 계속 보다 보면 싫증이 날 수밖에 없어요. 그래서 같은 곳을 보게 되는 겁니다. 섹스를 할 때도 나이가 들수록 뒤로 하는 걸 좋아하게 되는 겁니다. 같은 곳을 바라보잖아요. 지금 커플들이 나란히 앉아서 제 얼굴을 바라보는 것, 이게 사랑입니다. 같은 곳을 바라보면서 웃잖아요. 제가 무대를 끝내고 들어가도 여러분은 텅 빈 무대를 계속 보세요. 같은 곳을 보는 게 바로 사랑입니다. 사랑 많이들 나누시고요, 아까 이름이 뭐였죠? 강차연 씨였나요? 깊은 사랑 나누시길 빌겠습니다.

자, 다음 순서로 세미를 불러 보겠습니다. 다 함께 불러 봅시다. 세미, 나와 주세요. 저는 10시에 돌아옵니다.

21

이치욱의 집에 도착할 즈음 비가 내리기 시작했다. 와이퍼를 빠르게 작동시켜야 할 정도로 많은 비가 내렸다. 강차연은 몸을 앞으로 숙이고 천천히 운전했다. 빗줄기가 창문을 세차게 두드렸다. 와이퍼가 열어서 보여 주는 좁은 시야가 전부였다. 내비게이션에는 좁은 길 하나만 길게 이어지고 있었다. 강차연이 달리고 있는 그 길이었다. 내비게이션에서 보이는 길과 자신이 달리고 있는 길은 같아 보이지 않았다. "잠시 후 목적지 근처에 도착합니다."라는 내비게이션 음성이 들릴 때 이치욱의 모습이 보였다. 비를 맞으며 집 앞에 서 있었다. 강차연이 차에서 내리자 함께 집 안으로 들어갔다.

"왜 비 맞고 계셨어요? 안에서 기다리시지."

"기억 안 나니? 나 비 맞는 거 엄청 좋아하잖아."

"요즘 비는 몸에 안 좋대요."

"내가 몸에 좋은 걸 더 해서 뭘 하겠니."

이치욱은 몸에 묻은 물기를 대충 털어 내고 물을 끓였다. 몇 분 있다가 탁자 위에 따끈한 생강차 두 잔을 내놓았다.

"요즘 어떻게 지내세요?"

강차연이 찻잔을 들며 물었다.

"요즘이라, 시간 감각이 없어서 요즘이 언제인지도 잘 모르겠구나."

"드론 개발은 잘 진행되고 있어요?"

"범인 추적용 드론을 만들고 있는데 거의 완성 단계야."

"경찰과 작업한다는 게 그거였군요?"

"그래. 지난번에 잠깐 얘기했지? 완성되면 꽤 반향이 있을 거야. 내가 보자고 한 건 말이다."

이치욱이 갑자기 말을 멈췄다.

강차연은 뒤에 이어질 말을 기다렸지만 한동안 아무런 이야기도 들을 수 없었다. 이일영에 대한 이야기라는 사실은 진작에 눈치챌 수 있었다. 그 이야기 말고는 이렇게 뜸을 들일 일이 없었다. 강차연은 서두르지 않고 기다렸다. 이일영이 살아서 돌아왔다는 이야기 말고는 더 이상 놀랄 것도 없었다.

"스페이스 블랙에 친한 후배가 한 명 있어. 내가 우주로 올라갔을 때 관제 센터를 지휘하던 녀석인데 침착하고 판단력도 빠르고 게다가 솔직한 친구지. 며칠 전에 그 녀석한테 연락이 왔어. 조용히 보고 싶다고 말야. 여기로 찾아와서 나한테 뭘 보여 주더구나."

"일영 씨와 관련된 거예요?"

"일영이가 관제탑과 했던 통신 내용이 담긴 거였어. 외부로 유출하면 안 되는 자료였지만 나한테 꼭 들려주고 싶은 게 있다며 가져왔어."

"그게 뭔데요?"

"마지막 교신을 담은 녹음 파일이다."

"마지막요?"

"그래, 마지막 교신."

"마지막이란 걸 어떻게 알아요?"

"들어 보겠니?"

강차연은 대답 대신 손톱을 물어뜯고 있었다.

"캡틴은 들어 봤어요?"

"들어 봤지. 너한테 들려주는 게 좋을지 아닐지 잘 모르겠다. 네가 선택할 일이야."

"좀 생각해 볼게요."

"듣는 게 조금 고통스러울지도 몰라. 아무래도 죽음을 앞두고 있는 사람의 목소리니까. 나도 며칠 전에 들었는데 계속 생각이 나는구나. 영상보다도 오히려 또렷하게 기억이 나. 가끔은 환청처럼 일영이의 마지막 목소리가 들리기도 해."

"일영 씨는 죽었을까요?"

"아마 그러지 않았을까?"

"우주는 알 수 없으니까……, 캡틴이 그랬잖아요, 우주는 정말 알 수 없으니까 무슨 일이 일어날지 모른다고요. 그러니까 우리가 전혀 상상하지 못하는 방식으로 살아 있을 수도 있는 거 아니에요?"

"그럴 수도 있겠지. 그렇지만 그건 엄청난 우연이 있어야 가능한 일이야."

"전에 저한테 그러셨어요. '네가 지금 여기서 살고 있는 게 얼마나 엄청난 우연인 줄 아니? 얼마나 희귀한 존재인 줄 아니? 너를 함부로 대하지 말았으면 좋겠다.' 그러셨죠. 그런 우연이 여기에서만 일어나란 법은 없잖아요. 저기에서도 일어날 수 있는 거잖아요."

"네 말이 맞아. 하지만 말이다. 우리는 우연 속에 있는 거고, 일영이는 우연의 바깥에서 다시 그만큼의 확률로 우연이 일어나야만 살 수 있는 거란다."

강차연은 창을 두드리는 빗줄기를 바라보았다. 빗줄기의 수는 셀 수 없이 많아 보였다. 셀 수 없이 많은 빗줄기 속에서 유일한 단 하나의 빗줄기를 만나는 우연, 이라고 강차연은 생

각했다. 우연의 확률은 상상하기 힘들었다. 낙하산 목걸이를
만지작거리면서 수많은 숫자들의 곱셈을 생각했다. 그래도 마
음이 편해지지는 않았다.

"난 하늘을 올려볼 때마다 어릴 때 캡틴이 했던 말이 자꾸
생각나요. 저렇게 반짝이지만, 우주는 우리에게서 점점 멀리
도망치고 있다고요. 더 빨리, 점점 더 빨리 먼 곳으로 달아나
고 있다고요."

"그래, 기억나는구나. 네 생일에 망원경을 선물했지."

"난 그 말이 그렇게 무서운 말인 줄 몰랐어요. 일영 씨가
사고를 당한 후부터 모든 게 점점 멀어지는 장면만 떠올라요.
빨리, 점점 더 빨리 멀어지고 있고, 내가 아무리 손을 뻗어도
절대 붙잡지 못해요. 일영 씨가 별들과 함께 멀어지는 꿈을
자주 꿔요."

"괜한 소리를 해서 미안하구나. 이런 말이 도움이 될지는
모르겠지만, 멀어지고 있는 별들은 이미 과거에 존재했던 별
들이야. 그렇게 생각하면 조금은 덜 힘들지 않겠니. 지금 멀어
지고 있는 게 아니라 이미 멀어진 것이라고 생각하면⋯⋯."

"저한테는 별 차이가 없어요. 별들이 멀어지고 있어서 힘든
게 아니라 제가 쫓아가지 못하기 때문이에요. 그게 힘든 거예
요."

"내가 해 줄 수 있는 일이 없어서 미안하구나. 녹음 파일

이야기를 괜히 한 것 같기도 하고……."

"아니에요. 잘하셨어요, 캡틴. 저한테 얘기해 주셔야죠. 잘하신 거예요."

"마지막 목소리를 듣는 게 조금 힘들 수도 있어."

"집에 가서 들어 볼게요."

"그래. 내가 복사해 뒀다."

이치욱은 책상 위에 있던 USB를 건넸다. 강차연은 USB를 꼭 쥐었다가 주머니에 넣었다.

두 사람은 다시 말이 없어졌다.

"아까 뉴스를 보니까 화성탐사선이 물을 발견했다는구나. 어쩌면 생명체의 흔적을 발견할 수도 있다고."

이치욱은 말을 꺼내면서 이미 후회하고 있었다. 어울리지 않는 주제였다.

"네, 잘됐네요."

"잘된 일이라기보다……."

"잘된 일이죠."

강차연은 찻잔을 비우고 집을 나섰다. 비는 그치고, 오후의 하늘에 무지개가 펼쳐져 있었다. 어떤 색이라고 말하기 힘든 수많은 색의 모임이었다. 공기와 물방울들과 빛이 허공에서 미로처럼 얽혀 있었다. 복잡한 것들이 때로는 단순하게 아름다워 보일 때도 있다는 걸 강차연은 예전에 배웠다. 마음이 썩어 들어가도 겉모습은 평온해 보일 수도 있다는 걸 강차연은 예전에 알았다. 강차연은 자동차 안에 가만히 앉아 무지개를 바라보았다. 어디로도 가고 싶지 않았다. 그렇다고 여기에 있고 싶지도 않았다. 갈 수도 가지 않을 수도 없었다. 남아 있는 건 견디기 힘든 일이었다. 어디로도 가지 못하는 자신이 계속 부풀어오르는 것 같다고 강차연은 느꼈다. 어디로도 가지 못하고 위아래로만 움직였다. 낙하하고, 다시 계단을 오르고, 다시 떨어지고, 다시 엘리베이터를 타고, 또다시 뛰어내리는 일만 반복하고 있었다. 어디로도 가지 못하고 움직이지 못하니까 계속 팽창하기만 했다. 이러다가 펑 하고 터질지도 몰랐다. 몸이 팽창하니까 마음과 마음의 결속도 느슨해지고 있는 것 같았다. 몸속의 모든 장기들도 밀도가 없어지는 것 같았다. 하나하나 옅어지기만 하는 것 같았다. 강차연은 자신의 팔뚝을 가만히 들여다보았다. 옅어지고 있지 않은지 가만히 들여다보았다.

관제 센터, 들리나?

컴퓨터 바탕화면은 언제나 우주 사진이었다. 컴퓨터를 켤 때마다 성운이나 행성의 모습을 봤는데, 이렇게 우주에 떠서 실제 장면을 보고 있으니 기분이 묘하다. 우주가 하나의 거대한 컴퓨터 같다는 생각도 든다. 내가 바탕화면 속에 들어와 있다. 바탕화면 속에서 나는 눈에 보이지도 않는 작은 점일 뿐이겠지. 아니, 점처럼 보이지도 않을 것이다. 없지는 않지만 있다고도 말할 수 없는 존재일 것이다. 현재 산소량은 1퍼센트다. 이제 곧 우주복을 착용할 것이다. 밖으로 나가 볼까. 어쩌면 그 편이 좀 더 마지막에 어울리는 모습일지도 모르겠다.

마지막으로, 어머니에게 하고 싶은 말이 많다. 어머니는 이번 우주비행을 반대했다. 내가 사고당하는 장면을 꿈에서 보았다는 거다. 어머니에게 우주비행이 얼마나 안전한 일인지 한참 설명했는데, 이렇게 되고 보니 뭐라 할 말이 없다. 그래도, 어머니를 만날 수 있어서, 짧은 시간이었지만 함께할 수 있어서, 저는 좋았어요. 어머니와 완전히 다른 세계에 살면서 저는 모든 걸 그리워했어요. 두 세계 사이에 작은 문이 생기길 얼마나 바랐는지 몰라요. 잠깐이라도 그 문이 열리는 바람에 저는 새로운 세계를 경험할 수 있었어요. 고마워요, 어머니. 소리를 전달할 수 없는 우주에서 어머니에게 마지막 말을 전하게 될 줄은 몰랐어요. 어머니 집에 갔을 때가 자주 생각이 나요. 음식도 다 맛있었고, 어머니가 해 준 얘기들도 다 재미있었어요. 다트 게임 했던 거 기억나요? 어머니의 다트 실력을 보고 깜짝 놀랐죠. 불스 아이를 두 번이나 맞혔잖아요. 다트를 던지면서 천진하게 웃던 어머니 얼굴이 계속 생각나요. 그 얼굴을 계속 기억할게요. 마지막으로 기억할 수 있는 밝은 얼굴이 있어서 다행이에요. 어머니는 그때, 과거로 돌아간다면 바꾸고 싶은 게 있다고 했죠. 뭔지는 물어보지 않았지만 알 것 같았어요. 저는 바꾸고 싶은 게 있을까요? 우주정거장에서 사고가 날 걸 알고 있으니 과거로 돌아가서 출발을 하지 않는 게 좋을까요? 후회는 없어요. 저는 돌아가더라도 아마 똑같은 선택을 할 거 같아요. 그게 죽음으로 이르는 길이라도 말이에요. 우주선에 오르기 위해 얼마나 많은 노력을 했는지 얘기해 드렸죠? 저는 그 시간을 배신하고 싶지 않았어요. 저는 후회하지 않아요. 행복하세요, 어머니. 이제 행복하셔도 돼요.

22

송우영이 공연을 앞두고 무대 뒤에 있을 때 누군가 찾아왔다는 연락이 왔다. 바에 앉아서 칵테일을 마시며 기다리는 손님은 강차연이었다.

"제가 송우영입니다."

강차연은 송우영을 향해 옅은 미소를 지어 보였다.

미소에 많은 것이 담겨 있다는 걸 송우영은 알아챘다. 어색한 인사와 긴 이야기를 압축해 놓은 요약과 적당히 반가운 표정이 함께 녹아 있었다. 지난 일요일, 송우영과 세미는 강차연을 만나러 갔다가 허탕을 치고 돌아왔다. 미리 연락하지 않고 찾아간 것은, 강차연이 만나 주지 않을 거라는 예상 때문이었다. 강차연을 만나지 못했지만 그날의 기억이 송우영에게는 기분 좋게 남아 있었다. 세미와 함께 여러 군데를 돌아다니며 드라이브를 했고, 창 밖의 비를 바라보다가 자동차 안에서 키스를 했고, 라디오에서 나오는 노래를 함께 따라 불렀고, 재미있는 농담을 주고받았다. 누가 더 많이 웃기나 내기를 했는데, 송우영이 결국 졌다. 돌아오는 길에는 송우영의 인생에서 다섯 손가락에 꼽힐 만큼 아름다운 무지개도 보았다. 강차연을 만나지 못한 것 말고는 부족할 게 없는 하루였다. 메시지를 남기고 오긴 했지만 이렇게 빨리 강차연이 찾아올 줄은 몰랐다.

사람들의 박수 소리가 들렸다. 송우영이 무대에 오를 차례였다. 송우영은 강차연에게 양해를 구했다. 무대로 향하는 짧은 순간, 송우영은 강차연에게 편지를 보여 주는 게 잘하는 일인지 의문이 생겼다. 지상에 남은 사람들의 몫이 무엇인지 생각했다. 강차연의 연구실로 향하던 자동차 안에서 세미가 했던 말이 생각났다.

"보여 주는 게 무조건 맞아. 걱정하지 마. 누군가 슬퍼할 거라는 이유 때문에 그걸 얘기하지 않으면 슬픔이 사라질 거같아? 절대 아냐. 세상에 슬픔은 늘 같은 양으로 존재해. 슬픔을 뚫고 지나가야 오히려 덜 슬플 수 있다고."

"난 다른 사람의 마음을 잘 이해하기 힘들어요. 얼마나 슬플까, 얼마나 기쁠까, 대체 얼마나 아플까."

"당연하지, 바보야. 당연한 거야. 그걸 이해할 수 있다고 떠드는 놈들이 사기꾼이야. 감정은 절대 전달 못 해. 누군가가 '슬프다'라고 얘기해도, 그게 전달되겠어? 각자 자기 방식대로 그걸 받아들이는 거야. 진짜 아픈 사람은 자신이 아픈 걸 10퍼센트도 말 못 해. 우린 그냥……, 뭐라고 해야 하나, 그냥 각자 알아서들 버티는 거야. 이해 못해 준다고 섭섭할 일도 없어. 어차피 우린 그래. 어차피 우린 이해 못하니까 속이지는 말아야지. 위한답시고 거짓말하는 것도 안 되고, 상처받을까 봐 숨기는 것도 안 돼. 그건 다 위선이야."

"히야, 누나랑 상관도 없는 일인데 엄청 열심이네."

"이게 왜 나랑 상관이 없는 일이야? 내가 알게 됐고, 네가 고민하고 있고, 가만히 놔두면 네가 숨길 거 같은데."

"내가 왜 숨겨요?"

"넌 소심해서 분명히 시간 좀 지나면 그냥 조용히 묻어 두려고 했을걸. 아, 다 귀찮아, 이러면서. 굳이 알아야 할 건 뭐야, 이러면서."

"그건 맞아요."

"내가 널 좀 알지."

"내가 많이 소심해 보여요?"

"소심해서 좋아. 잘났다고 나대는 새끼들은 딱 보기 싫어. 걱정하지 마, 넌 코미디 할 때는 하나도 안 소심해 보이니까.

그럼 됐지, 뭐."

　손님들의 박수 소리가 끝나고 공연을 마친 코미디언이 자신을 소개하고 있었다. 송우영은 심호흡을 했다. 송우영은 어깨를 움직이며 긴장을 풀었다. 해야 할 말들이, 쏟아 내야 할 말들이, 입안에서 맴돌고 있었다. 송우영은 그 말들을 빠르게 내뱉는 순간들이 좋았다. 말들과 함께 자신도 먼 곳으로 이동하는 것 같았다. 송우영은 무대로 올라갔다.

　며칠 전에 텔레비전을 보는데 화성탐사선에서 물을 발견했다는 뉴스가 나오더라고요. 아니, 그렇게 멀리까지 날아가서 찾아낸 게 겨우 물이었단 말야? 에이, 진작에 나한테 얘기하지 그랬어. 가까운 편의점 위치를 알려 줬을 텐데. 과학자들이 하는 얘길 들어 보면 참 이상한 말들이 많아요. 우주에는 천억 개가 넘는 은하가 있대요. 천억 개가 맞나? 아무튼 많아요. 우아, 그걸 누가 다 세 봤죠? 대학원생들을 시켰나? 아니면 아르바이트 학생들을 동원했나? 혹시, 우리가 우주에 대해 잘 모르니까 과학자들이 막 사기 치는 거 아닐까요? 천억 개라고 해 봤자, 우리는 잘 모르잖아요. 몇 개? 천억 개? 아, 천억 개. 백 개보다는 많아 보이네. 근처에 있는 과학자를 붙들고 한번 물어봅시다. 우리 은하계에 있는 별은 몇 개쯤인가요? 그럼 이렇게 대답할 겁니다. "음, 보자, 지난주에 스물두 개가 없어졌으니까, 모두 합해서, 그래, 여기서 반올림하고, 이걸 이거하고 곱하면……, 잠깐만, 계산기를 좀 두드려 볼게요, 이따가 알려 드려도 되죠?" 그래요, 저 죽기 전까지만 알려 주세요.

저는 하나님이 이 세상을 만들었다는 말이 좋아요. 6일 동안 세상을 만들고 7일째 쉬잖아요. 하나님 밑에 있던 직원들이 좀 힘들었겠지만 우리도 주 5일 근무로 일한 지 얼마 되지 않았잖아요. 하나님이 직원들을 불러 모아 이렇게 말했을 겁니다. "이번주는 토요일까지 근무야." 직원들 표정이 상상이 가죠? "하나님 맙소사, 그럼 불금이 없어지는 거잖아요." 우리, 그 정도는 이해해 줍시다. 세상 만드는 게 그렇게 쉬운 일이 아니잖아요. 거짓말로 가득한 소설 하나 쓰는 데도 몇 달몇 년이 걸린다고요. 하나님이 세상을 만들었다고 생각하면 많은 게 해결됩니다. 그것보다 좋은 해결책이 없어요. 아, 그거? 왜 그렇게 이상하냐고? 하나님이 만들어서 그래. 나는 잘 몰라. 내 책임은 아님. 이러면 다 해결됩니다. 햇볕 알러지? 그것도 하나님이 만든 거지. 커피가 왜 이렇게 맛이 없어? 내 책임 아님, 하나님이 커피나무 만드신 분임. 하나님은 참 대단한 분인 거 같아요. 모든 걸 말로만 해결하잖아요. 빛이 있어라 하니까 빛이 생기고, 한가운데 물이 모이라고 하니까 다 모이고, 대단하죠. 그걸 다 말로만 한 거예요. 손 하나 까딱 안 하신 겁니다. 토요일에도 근무한 직원들이 작업했는지는 모르겠지만, 아무튼 부럽습니다. 저도 말로 먹고사는 직업이라서 그런지 그런 분들 무척 존경하는데요, 가끔 그런 생각 해 봐요. 내가 하는 농담들이 전부 이뤄지면 얼마나 신날까. 저기서 저 바보 같은 녀석이 바나나 껍질을 밟고 미끄러지는데, 바나나 껍질이 바지를 뚫고 들어가 똥꼬에 끼도록 하여라, 그러면 이뤄지는 거죠. 제가 평생 죽지 않고 살아야 한다면, 아, 생각만 해도 끔찍한 일이긴 하죠? 그래도, 어쩔 수 없이 그래야 한다면, 저는 어디에 살 건지 정했습니다. 저는 말 속에 살 겁니다. 말 중에서도 농담 속에서 살 겁니다. 하나님은 농담을 거의 안 하시지만, 음, 기억나는 게 없긴 하죠? 하나님 농담만 따로 묶어서 책 내려고 준비하고 있는 중인지도 모르겠습니다. 저는 농담 속에서 살면 좋을 거 같습니다. 형체는 없는데 계속 농담 속에서 부활하는 겁니다. 죽었는 줄 알았는데 농담에서 또 살아나고, 평생 농담 속에서 사는 겁니다. 형체가 없어도, 숨을 못 쉬어도 그렇게 살면 좋겠어요. 비참한 사람들끼리 하는 농담들 속에도 있고, 계속 울음을 터뜨리다가 갑자기 터져나오는 농담들 속에도 있고, 여자와 어떻게 한번 해 보려고 작업하는 남자들의 농담들 속에도 있고, 오랜 친구들과 함께 웃고 떠드는 여자들의 농담들 속에도 있고, 모든 농담 속에 스며 있었으면 좋겠어요. 그럼 죽어도 여한이 없죠. 아니지, 참, 죽지 않는 거죠? 평생 거기서 살 겁니다. 나중에 농담할 일이 있으면 농담 속을 잘 들여다보세요. 거기에 제가 살고 있을 수도 있습니다. 부사와 전치사 사이에, 아니면 명사와 동사 사이에 제가 살고 있을 겁니다. 지금까지 농담이었고요, 저는 토요일에 다시 찾아오겠습니다.

5부

강차연은 일주일 동안 휴가를 신청했다. 첫째 날에는 아무 것도 하지 않았다. 먹고 자고 다시 일어나서 먹었다. 어디에도 가지 않았지만 먼 곳에 다녀온 기분이 들었다. 둘째 날 새벽 이 되어서야 주머니에 있던 USB에 손이 갔다. USB에는 열 개 의 소리 파일이 들어 있었다. 강차연은 마우스를 만지작거리 다가 끝내 더블클릭을 하지 못했다. 이일영의 목소리와 마주 할 자신이 없었다. 책상 옆에 놓여 있던 편지를 집어 들었다. 송우영은 편지를 건네주면서 강차연에게 이렇게 말했다.

"이걸 전해 드리는 게 잘하는 일인지는 모르겠어요. 그렇지 만, 어머니가 쓴 편지이고, 누군가 읽어 주면 좋겠다는 생각 이 들었어요."

강차연은 편지를 받아야 할지 고민했다. 자신이 편지를 읽기에 적당한 사람이 아닐 것 같다는 생각이 먼저 들었다. 강차연은 이일영의 어머니를 만난 적이 없지만 이야기는 자주 들었다. 알고 있는 사람처럼 느껴질 정도였다. 이일영은 어머니를 만난 이후 많이 밝아졌고, 농담도 자주 했다. 송우영의 스탠드업 코미디를 흉내 내기도 했고, 장난을 치는 일도 잦았다. 강차연은 이일영의 그런 변화가 반갑기도 했지만 낯설기도 했다. 어쩌면 어머니를 만났다는 반가움보다 우주로 날아가야 할 날이 다가온다는 흥분과 스트레스가 변화의 이유일지도 모른다는 생각도 들었다.

등산 가는 길은 나날이 다른 모습이다. 마른 나뭇가지에 싹이 틀 때면 또한 땅속에서 새싹이 돋아 올라 있을 때면. 요즘은 갖가지 꽃향기 속을 올라가면 너무나 상쾌하다. 마음이 변하면 사람의 눈이 모든 걸 다르게 보는 모양이다. 전에는 황량하던 산길이 파릇파릇해 보인다. 높은 산은 아니니까 걱정은 하지 말아라. 얕은 산이다. 의사 선생님도 등산은 괜찮다고 하셨다. 계속 올라가 봐야 앞으로 더 잘 올라갈 수 있을 거니까. 산에 오르면 너하고 조금 가까워진 기분이 든다. 거기에 가면 하늘이 좀 더 잘 보이고, 하늘을 자주 올려 보게 된다. 산에 올랐다가 다시 내려오면, 내려오는 길에서는 늘 같은 생각을 한다. 과거로 돌아갈 수 있다면, 갔던 길을 되돌아서 내려올 수 있다면, 이런 생각이다. 같은 생각을 자꾸 해도 풀리지 않는 문제니까 나는 계속 같은 생각을 하면서 산을 내려온다. 어떻게 너와 헤어질 생각을 했을까. 처음부터 너를 꼭 붙들고 있어야 했던 건데, 산을 내려오면서 나는 자꾸만 옛날 생각을 한다.

강차연은 편지를 내려놓고 커피를 만들었다. 편지는 열두 통뿐이었지만 긴 여행이 될 것 같다는 예감이 들었다. 아주 먼 곳으로 떠나기 전에 심호흡을 해야 할 것 같았다. 창을 열자 밤길을 빠르게 달려가는 자동차의 소음이 들려왔다. 강차연은 소파에 기대어 편지를 읽었다. 커피를 마시면서, 샌드위치를 먹으면서, 가끔 새벽하늘을 올려다보면서, 빠르게 달려가는 자동차의 소음을 배경으로, 편지를 읽었다. 편지를 읽는 동안 여러 가지 생각이 떠올랐다. 날이 천천히 밝아 오고 있었다.

정소담이 쓴(이일영의 어머니 이름이 정소담이었다.) 편지를 다 읽고 나자 아침 8시였다. 네 시간 넘게 편지를 읽고 난 강차연은 한 편의 긴 소설을 읽은 것 같은 기분이 들었다. 강물이 되어 흘러가고 있는 누군가의 삶에 뛰어들었다가 겨우 빠져나온 것 같았다. 강차연의 마음을 가장 크게 뒤흔든 편지는 아들의 사고 소식을 듣고 난 후에 쓴 것들이었다.

소식을 들었지만 일단은 믿지 않기로 한다. 그곳은 날씨가 어떤지 바람은 조금이라도 부는지 꽃은 볼 수 있는지 그런 것들만 생각하기로 한다. 일영아, 나는 다시 후회가 된다. 왜 너를 더 강하게 말리지 않았을까. 왜 좀 더 고집을 부리지 못한 것일까. 그래도 너는 갔겠지만, 한 번쯤 고집을 부려 보지 못한 게 후회가 된다. 꿈에 너는 나타났다. 너는 어두운 지하실 같은 곳에서 내게 말했다. 우주선에 오르기 위해서 네가 얼마나 많은 노력을 했는지 알지 않느냐고, 그 시간을 배신하지 않으려면 우주선을 타고 하늘로 날아오르는 수밖에 없다고, 그렇게 말했다. 나는 이해했다. 꿈인데도 잘 이해했다. 너는 후회하지 않는다고, 날더러 행복하라고 했지만, 내가 행복하기로 마음먹는다는 건 너를 포기한다는 얘기니까 아직은 그러지 않을 생각이다. 이해했지만, 그래도 기다리고 있으니까, 빨리 돌아오라고, 꿈에서 나는 너에게 얘기했다. 네가 살아 있길 바라는 마음 때문에 그런 꿈을 꾸게 된 걸까. 아닐 거야. 나는 실제로 네가 나한테 왔다고 생각했다. 꿈이라고 했지만, 나는 자고 있지 않았다. 네 얼굴은 보지 못했지만, 분명히 나는 네 목소리를 들었고, 그건 네가 살아 있다는 것이니까 일단은 다른 사람 이야기는 믿지 않기로 했다. 들리는 얘기로는 거기가 날씨 변화가 심하다던데, 옷은 잘 챙겨 갔는지 모르겠다. 빨리 돌아와서 이 편지를 읽을 수 있으면 얼마나 좋을까.

강차연은 "어머니가 생각하는 그런 날씨가 아니에요. 우주
는 말이에요."라며 혼잣말을 했다. 이일영이 더운 곳에 있을지
추운 곳에 있을지 생각해 보지 않았다. 우주선에서는 더위와
추위가 아무런 상관이 없겠지만 어디쯤 떠다니고 있을지 궁
금하기도 했다. 편지를 다 읽고 나니 허기가 졌다. 강차연은
냉동실에 넣어 둔 파스타를 꺼내 전자레인지로 해동시켰다.

점심 시간이 될 때까지 강차연은 소파에서 잠을 잤다. 이
일영의 목소리를 들어 볼까 싶은 마음이 들 때면 어김없이
졸음이 따라왔다. 강차연은 계속 졸음에 항복했다. 자고 일어
나서 또 잤다. 무언가 미루고 있다는 생각이 들었지만, 한없
이 뒤로 미루고 싶었다.

오후 4시가 됐을 때, 강차연은 헤드폰을 썼다. 귀를 완전히
덮는 헤드폰이었다. 플레이 버튼을 더블클릭하자, 잡음과 함
께 이일영의 목소리가 들려왔다. 그의 목소리를 듣는 순간 참
았던 숨이 터졌다. 울음도 따라 나왔다. 귀를 덮은 헤드폰 때
문에 눈물이 더 많이 흐르는 것 같았다. 목소리에 집중했다.
다급한 듯한, 그러나 모든 걸 체념한 것 같기도 한 목소리였
다. 강차연은 메시지를 맨 앞으로 돌렸다. 관제 센터를 부르는
목소리가 자신을 부르는 목소리 같았다.

관제 센터, 들리나?

관제 센터 들리나?

낙하산……, 낙하산이 보인다. 아니다, 잘못 본 것 같다. 해파리 같다. 멀어지다가 가까워졌다가, 사라졌다. 다시 나타났다. 별의 잔해 같기도 하고, 해파리 같고, 낙하산처럼 생겼다. 누군가 아래로 떨어지고 있다. 아니다, 여긴 떨어지는 게 없지. 멀어지는 거다. 가까웠는데 점점 멀어지고 있다. 우주복을 입은 채 어둠 속에 떠 있다. 여기서는 어둠이 들여다보인다. 어둠 속에 아무런 빛이 없는데도 어둠 속을 볼 수 있다. 손을 뻗으면 어둠 속으로 모든 게 빨려 들어갈 것 같다. 나는 소멸된다. 소멸이라는 단어가 적당할 것 같다. 남은 산소량은……, 아니다. 신경 쓰지 않겠다. 모두들 안녕, 시스템이 꺼질 때까지 혼자 떠들어야겠다. 어쩌면 나는 죽는 게 아니라 우주 공간 속에서 영원히 소리로 남는 것인지도 모르겠다. 소리는 전달되지 않겠지만 소리의 덩어리가 되어 곳곳을 날아다닐 것이다. 모두들 안녕, 내 소리를 듣고 있는 사람이 있다면, 안녕. 우주인들끼리 하는 농담이나 하면서 소멸되는 것도 괜찮겠다. 내 동생처럼 농담을 잘할 자신은 없지만 말이다. 외계인들이 나를 발견해서 소리를 들을 수 있다면 좋겠다. 우주복을 입으면 소변을 담는 봉투도 착용하게 된다. 우리끼리 '페니스 기저귀'라고 부르는 물건이다. 페니스 기저귀의 크기는 세 종류다. 스몰, 미디엄, 라지. 나는 좀 예외였다. 나는 라지로도 감당이 안 되는 바람에 엑스라지를 추가로 주문했다. 하하하. 별론가? 재미없나? 모두들 라지를 선호하긴 한다. 미디엄으로도 충분한 사람들이 어쩌자고 자꾸 라지를 찾는 건지. 남자들이란 원래 그렇게 한심한 족속들이다. 외계인들에게 한마디만 전하라면, 지구에 가게 되더라도 남자는 믿지 마라. 뭐든지 크게 부풀리고, 과장하고, 거짓말하는 족속이니까 그들을 믿으면 안 된다. 페니스가 작은 녀석들이 라지를 착용하면 어떻게 되는 줄 아나? 소변이 샌다. 끔찍한 일이지. 더러운 이야기는 그만하고, 먹는 얘길 좀 해 볼까? 우주인들은 고기를 좋아한다. 야채에서 물 빼는 탈수기를 본 적 있을 거다. 우리는 탈수기에 들어가는 게 일상인 사람들이다. 중력 테스트를 받다 보면 우리가 상추나 로메인이 되는 기분이다. 그러니까 야채를 먹고 싶을 리가 없다. 지금도 좀 어질어질하다. 산소가 모자란가? 야채를 먹고 싶을 때는, 그러니까……, 멀리 아스파라거스 같은 생명체가 보이는 것 같다, 아니다, 아닌가……, 관제 센터, 아직도 듣고 있나? 멀리 아스파라거스 같은 비행체가…….

24

강차연은 맥주를 마시면서 송우영의 무대를 바라보았다. 송우영은 사후 세계에 대한 농담을 하고 있었다. 죽었다가 다시 살아난 사람들의 이야기를 인용하면서 사람들을 웃기고 있었다. 클럽에 온 스무 명의 손님은 송우영의 말에 연신 웃음을 터뜨렸다. 강차연이 보기에 송우영의 연기가 전보다 좋아진 것 같았다. 공연을 마친 송우영이 강차연의 자리로 왔다.

"한 번도 웃질 않으시던데요?"

송우영이 맥주병의 마개를 따면서 말했다.

"웃었어요, 속으로."

강차연이 대답했다.

"이런 데선 크게 웃어 주는 게 공연자에 대한 예의랍니다."

"그런 상황 아세요? 웃음이 밖으로 새어나오지 못하고 안에서 터져 버릴 때? 내파된 웃음이라고 해야 할까……, 제가 오늘 그랬어요."

"잘 알죠. 그런 웃음은 제가 전문이에요. 피식피식, 바람이 새는……."

"어제 다 읽었어요. ……편지."

"독후감은 얘기해 주시지 않아도 되는데……. 편지는 알아서 처리해 주세요."

"우영 씨도 다 읽어 봤죠?"

"네, 어쩌다 보니 읽게 됐죠. 저한테 온 편지는 아니지만 주인을 찾아 주려다 보니."

"저도 주인은 아니에요."

"네, 없죠, 주인이."

"맞아요, 없죠. 일영 씨 사진 본 적 있어요?"

"네, 사진은 본 적 있습니다."

"목소리는요?"

"목소리는 들어 본 적 없어요."

"들어 보고 싶어요?"

"아뇨, 별로."

"일영 씨가 마지막으로 남긴 음성 파일이 있어요. 우주에서요. 거기에 우영 씨 얘기도 잠깐 나와요."

"강차연 씨랑 제 공연 본 이야기요?"

"그 얘기도 있고요. 우영 씨 공연이 인상적이었나 봐요. 우주선에서 스탠드업 코미디 같은 걸 했어요. 우영 씨를 흉내낸 거죠."

"스탠드업 코미디를요?"

"예, 듣기에 유치한 수준이지만 그런대로 재미있기도 해요. 그런 상황에서 코미디를 해 볼 생각을 했다는 게 참 대단해요. 서 있을 수도 없으면서 말이에요. 들어 보실래요?"

"아뇨, 괜찮습니다. 안 듣는 게 나을 것 같네요."

"왜요?"

"이치욱 씨가 저한테 그런 말을 했죠. '이일영과 너는 완전 남남이다. 당신 엄마는 배가 양쪽으로 분리돼 있어서 왼쪽 배에서 당신이 나고, 오른쪽에서 우리 일영이가 태어난 거다. 둘 사이에는 베를린 장벽보다 두꺼운 벽이 있으니 형제라고 생각할 필요 없다.' 그분 말이 맞습니다. 베를린 장벽은 무너졌지만 제 장벽은 무너지지 않을 겁니다."

강차연은 송우영을 빤히 쳐다봤다. 어떻게 다음 말을 이어가야 할지 길을 찾지 못하는 눈치였다. 강차연은 주머니 속에 들어 있는 USB를 만지작거렸다. 손톱 크기 정도의 USB 모서리를 손가락으로 더듬었다.

"어머님이 일영 씨를 얼마나 그리워했는지 아시잖아요."

한참을 망설이다 강차연이 입을 열었다.

"알죠."

단호한 체념을 담아서 송우영이 말했다.

숙녀에게 그렇게 말하는 건 예의가 아니라는 듯, 누군가 송우영의 등을 세게 후려쳤다. 세미였다.

"야, 송우영, 왜 내 공연 안 듣는 거야, 응?"

세미는 송우영에게 말하면서도 강차연에게서 눈을 떼지 못했다.

"얘기 중이잖아요. 이따가 전화할게요."

송우영이 말했다.

세미는 자리를 떠나려다 강차연의 옆자리에 앉았다. 송우영은 세미를 제지하려 했지만 이미 늦었다.

"저, 혹시 강차연 씨 아니세요?"

세미가 강차연의 얼굴을 자세히 보며 물었다.

"네, 맞아요."

강차연이 대꾸했다.

"지난번에 우영이랑 강차연 씨 만나러 같이 갔었어요. 만나지는 못했지만 낙하산연구소 안까지 들어가 봤죠. 진짜 멋진 거 같아요. 낙하산도 직접 타고 그러시는 거죠? 난 말만 들어도 벌써 다리가 후들후들하는데, 정말 대단해요."

"그렇게 대단한 일은 아니에요. 낙하산을 자주 타는 것도

아니고……, 그냥 낙하산 수리하는 사람이라고 생각하시면
돼요."

"우리 악수해요. 저는 세미라고 해요. 우영이랑 같이 스탠
드업 코미디를 하는 사람이고요. 좀 전에 공연했는데 못 들었
죠?"

"세미 씨 본 적 있어요. 예전에 우영 씨 공연 보러 왔을 때
요. 그때 엄청 재미있었어요. 동물과 인간의 섹스 비교했던
거 아직도 생각나요."

"히히, 진짜 보신 거 맞네. 제가 그렇게 한 번 보면 잊을 수
없는 코미디언입니다."

"만나서 반가워요."

"제가 우영이랑 좀 친해요. 우영이가 이렇게 거칠어 보여도
은근 되게 소심하고 섬세하고 그렇거든요. 어머니 돌아가셨을
때도 그랬고, 형이 행방불명되었다는 소식 들었을 때도 그랬
고, 상처를 잘 받아요."

"누나, 그만하고 저리 가요. 누가 형이래?"

"야, 가만히 있어 봐. 차연 씨랑 얘기하잖아. 제가 강차연
씨에게 편지를 꼭 줘야 한다고 했어요. 보여 주는 게 맞다고,
위로한답시고 숨기는 게 있으면 안 된다고 그렇게 말해 줬어
요."

"네, 세미 씨, 고마워요. 잘하셨어요."

"송우영, 들었지? 잘했다잖아. 네가 꾸물거리다가 편지 줄 타이밍을 놓쳤어 봐. 분명히 너는 다락 깊숙한 곳에다 편지를 넣어 뒀을 거야. 그러곤 시대에 뒤떨어진 뇌를 달고 있는 덕분에, 금방 잊어버렸겠지? 한 10년쯤 지나고 다락 정리를 하다가 편지를 발견하고는 "어, 이게 뭐지? 어머니가 쓴 편지네?" 하고 열어 보면서 평평 울 거야. 그러곤 또 넣어 두겠지, 다락 깊숙한 곳에다가. 그때쯤이면 더욱더 시대에 뒤떨어진 뇌가 되어 있을 테니까. 10년 후에 또 그러고, 10년 후에 또 그러고……. 그러다가 끝나는 거야. 내가 몇 번이나 말했어. 감정이나 편지는 다락에 넣어 두는 게 아니야. 무조건 표현하고 전달해야 해. 아무리 표현하려고 애써도 30퍼센트밖에 전달 못한다니까. 아, 내가 말이 너무 많죠, 미안, 차연 씨."

"아니에요, 세미 씨. 맞는 얘기예요."

"제가 우영이에게 쌓인 게 좀 있어서 이렇게 소리를 지르게 되네요."

"일영 씨 어머니의 편지 읽으면서, 실은 저도 그런 생각 했어요. 이게 전달되면 얼마나 좋았을까. 진작에 서로 얘기를 하고 살았으면 얼마나 좋았을까."

"맞아요. 저도 정말 속 터지는 줄 알았다니까요."

시간이 흐를수록 송우영은 자리에 없는 사람 취급을 당했다. 세미와 강차연은 술에 취하자 어깨동무를 하면서 소리를 질렀다. 목소리는 점점 커졌고, 옆자리 사람들을 신경 쓰지 않았다. 세미의 목소리가 먼저 커지자, 강차연도 지지 않겠다는 듯 소리를 질렀다. 스탠드업 코미디 공연이 끝난 게 그나마 다행이었다. 송우영은 먼저 집으로 갈까 마음먹다가도 두 사람을 떠나지 못했다. 자신 때문에 두 사람이 만나게 됐는데, 먼저 자리를 떠나는 게 예의에 어긋나는 일 같았다. 세미와 강차연은 송우영의 예의 따위 신경도 쓰지 않고 술집을 옮겼다. 술자리를 옮기고 나서도 송우영은 말을 많이 하지 못했다. 가끔 술을 마셨고, 가끔 두 사람의 놀림거리가 됐다.

"우리 우영이를요, 제가 정말 사랑합니다. 코미디 할 때는 입에 걸레를 물고 있는 거 같아도 저렇게 조용히 닥치고 있어야 할 때는 걸레를 재갈처럼 가만히 잘 물고 있거든요. 아유, 귀여운 우리의 인질 같으니라고. 아이고, 우리 예쁜 강아지, 냄새 나면 재갈 뱉어도 돼."

세미가 송우영을 놀리면 강차연은 큰 소리로 웃었다. 강차연은 "하하하, 재갈, 재갈, 너무 웃겨." 하면서 탁자를 쳤고, 세미는 더 재미있는 농담을 하기 위해 송우영을 놀렸다. 가장 먼저 술에 취해 엎어진 사람은 송우영이었다.

다음 날 술에서 깬 송우영은 어떻게 집에 돌아왔는지 기억이 나지 않았다. 아침에 잠에서 깼다가 다시 잠들었을 때 나쁜 꿈을 꾸었다. 어머니가 등장하는 꿈이었다. 어머니에게 손을 뻗었더니 어머니는 모니터 속에 들어 있었다. 어머니는 송우영에게 손을 뻗었다. 손도 모니터였다. 송우영은 어머니를 붙들고 있었다. 어머니는 꺼졌다 켜졌다 했다. 어머니가 송우영에게 말했다. '난 여기야, 괜찮다, 괜찮아, 여기로 오게 됐단다, 괜찮아.' 송우영은 울면서 잠에서 깼다. 송우영은 세미에게 전화를 걸었다.

"누나, 잘 들어갔어요?"

"응, 잘 들어왔지."

"난 기억이 잘 안 나요."

"응, 너는 점점 술이 약해지는 거 같아."

"어제 강차연 씨는 잘 들어갔죠?"

"응, 잘 들어왔지. 옆에서 자고 있어."

"옆에 있다고요?"

"응, 내가 자고 가라고 했잖아. 기억 안 나는구나?"

"네."

"누나들끼리 예쁜 사랑 하세요, 하고 갔던 거 기억 안 나?"

"제가 그랬다고요? 진짜요?"

"이따 4시, 기억하고 있지?"

"4시가 뭐였죠?"

"이럴 줄 알았어. 술 취해서 몽땅 까먹을 줄 알았어. 녹음하기로 했잖아."

"녹음이오? 무슨 녹음?"

"야, 나 화장실 가야 하니까 잔말 말고 이따 4시에 녹음실로 와. '다크 사운드 스튜디오' 위치 알지?"

"네, 알긴 알죠. 그런데 무슨 녹음인데요?"

"야, 끊어."

세미는 전화를 끊었다. 침대에 누워 있던 강차연이 눈을 비비면서 깨어났다. 헝클어진 머리는 수많은 물고기들이 뜯어 먹다 남은 해초 같은 몰골이었지만, 기분이 좋아 보였다.

"온대요?"

"와야죠, 그럼. 세미가 오라고 하는데 거부 못 하죠."

"언니 대단해요. 자세한 설명은 안 했죠?"

"어제 술 취해서 무슨 얘길 했고 무슨 얘길 안 했는지는 기억도 못해요. 어제 했던 얘기인데 네가 기억 못하는 거다, 이렇게 우기면 간단해요. 히히."

"정말 간단하네요."

강차연은 침대에 누웠다. 세미는 냉장고에서 오렌지 주스를 꺼내 두 개의 컵에 따랐다. 두 사람은 오렌지 주스를 마셨다. 누가 빨리 마시는지 내기라도 하듯 점점 속도를 높였다. 두 사람은 오렌지 주스를 마시면서 깔깔거렸다. 세미는 강차연의 하얀 티셔츠에 묻은 오렌지 주스를 손가락으로 가리키며 웃었다. 강차연은 웃고 있는 세미의 표정이 웃겨서 계속 웃었다.

25

다크 사운드 스튜디오에 제일 먼저 도착한 사람은 송우영이었다. 몇 년 전에 스튜디오의 엔지니어 정훈을 만난 적은 있지만 다정하게 인사할 만큼 친한 사이는 아니었다. 소파에 멀뚱멀뚱 앉아 있는데 정훈이 먼저 말을 걸었다.

"세미 씨가 부탁해서 시간을 잡아 놓긴 했는데, 한 시간밖에 못 줄 거 같아요. 요즘 스튜디오가 엄청 바쁠 때거든요."

"예, 저도 무슨 일인지는 잘 모르겠는데, 고맙습니다. 신경 써 주셔서."

"코미디 하죠? 전에 클럽 가서 본 적 있어요."

"예, 세미 누나랑 같은 클럽에서 공연해요."

"잘하시던데요? 나중에 정식으로 코미디 녹음해 볼 생각

있으면 얘기해요. 싸게 녹음해 줄게요."

"진짜요? 제가 그럴 실력은 아직 아니라서요. 클럽에서 녹음 CD 팔긴 하는데, 아직은 인기가 별로예요."

"재능 있어요. 코미디 아이템도 좋고, 발음도 좋고."

송우영이 칭찬에 어색해 하고 있을 때, 세미와 강차연이 스튜디오 안으로 들어왔다. 4시 5분이었다. 세미는 정훈과 인사를 하고, 강차연을 소개했다. 세미는 스튜디오에 들어오자마자 실내의 공기를 압도했다. 송우영은 정훈과 이야기를 더 나누지 않아도 된다는 점에 안도했다. 송우영은 세미의 옆에 서 있는 강차연의 표정에 놀랐다. 추위에 떨다가 누군가에게 패딩 점퍼를 빌려 입고는 따뜻함에 만족하는 것 같은 표정이었다. 어제 자신을 찾아왔던 강차연과는 전혀 다른 사람이었다.

"누나, 미안한데요, 어제 무슨 이야기 했는지 하나도 기억이 안 나요. 무슨 녹음 하는 거예요?"

"너는 술 마실 때는 엄청 진지하게 말하고, 다음 날이면 꼭 모른 척하더라, 지난번에도 그러더니……."

"지난번에 제가 언제요?"

"야, 됐고, 그냥 너는 밖에서 모니터링만 잘 해 주면 되니까, 그것만 신경 써 줘."

강차연이 가방에서 서류 봉투를 꺼내 세미에게 건넸다. 세미는 서류 봉투를 들고 스튜디오 안으로 들어갔다. 마이크 앞에 앉은 세미는 이상한 소리를 질러 대면서 목소리를 다듬었다. 외계와 소통하는 소리 같았다. 심해에 사는 고래와 대화를 나누는 것 같았다.

"한번 가 볼게요."

서류 봉투에 든 종이 뭉치들을 꺼내면서 세미가 말했다. 정훈은 손가락으로 동그라미 표시를 해서 신호를 보냈다. 세미가 읽기 시작했다.

오늘도 옥상에 올라가 보았다. 두 팔을 뻗어 보고, 네 이름도 한번 불러 보았다. 밤에는 등산을 갈 수 없으니까 너와 가장 가까운 옥상에 올랐다. 만화영화에서는 두 팔이 계속 길어지는 사람도 있던데, 그렇게 한참 뻗어 나가서 네 뺨을 만져 볼 수 있으면 좋겠다. 오늘은 선반 위에 있던 컵을 하나 깨뜨려 먹었다. 예전 같으면 불길한 징조라고 생각했을 텐데, 이제는 그게 좋은 징조처럼 생각된다. 네가 와서 컵을 깨뜨린 것 같다. 낮에는 건널목을 건너다가 아는 사람을 만났는데, 이름이 기억나지 않았다. 처음에는 기억해 보려고 애쓰다가 더 이상 애쓰지 않았다. 내일은 병원에 가는 날이다.

송우영은 잠자코 세미의 목소리를 들었다. 죽은 어머니의 목소리가 들리는 것 같았다. 세미는 늙은 여자의 목소리, 조금 아픈 여자의 목소리로 편지를 읽고 있었다. 송우영은 세미가 신기했다. 어머니를 만난 적이 없는데, 비슷한 목소리를 내는 게 놀라웠다. 송우영은 강차연과 소파에 앉아서 말없이 편지 내용을 들었다. 두 사람 다 편지 내용을 알고 있었지만 처음 듣는 내용인 것처럼 몰두해서 들었다. 세미의 호흡과 발음과 감정 속으로 빨려 들어갔다. 세미의 목소리는 하나의 독립된 우주처럼 막을 만들어 냈다. 막 속에 수많은 생명체가 서식하고 있었다. 물을 마시며 잠깐 쉬는 동안에도 다른 말은 하지 않았다. 녹음실 바깥 사람들은 전혀 의식하지 않고 오직 편지에만 몰두했다. 엔지니어 정훈도 별말 없이 기기만 조절하고 있었다. 세미는 한 시간 반 동안 거의 쉬지 않고 편지를 읽었다. 마지막 편지를 읽고 나서 깊은 한숨을 쉬더니, 세미는 갑자기 울음을 터뜨렸다. 세미는 급하게 마이크를 껐지만 울음소리가 마이크를 타고 바깥으로 흘러나온 뒤였다. 세미의 울음소리를 듣고는 녹음실 바깥에 있던 강차연까지 울기 시작했다. 송우영은 울 수 없었다.

"나 어땠어? 괜찮았지?"

세미가 녹음실을 나오면서 큰 목소리로 말했다. 울고 있던 강차연이 세미를 안았다. 송우영은 말없이 두 사람을 바라보기만 했다.

녹음실을 나와 근처에 있는 카페에 들어가서야 세 사람의 마음이 가라앉았다. 세미는 차가운 커피를 한꺼번에 비우더니 또 한 잔을 주문했다. 두 번째 커피의 반을 마시고 나서야 스튜디오에서 녹음을 하게 된 이유를 설명했다.

"하늘로 올려 보낼 거야."

세미는 검지손가락으로 위를 가리켰다.

"하늘로 뭘?"

송우영이 되물었다.

"오늘 내가 녹음한 편지 말이야."

"그걸 왜 올려 보내요?"

"우주로 올려 보내서 네 형 목소리와 만나게 해 줄 거야. 물론 엄밀히 말하면 어머니 목소리는 아니지만, 그래도 어머니가 쓴 문장이 그대로 올라가는 거니까, 둘이서 만나는 거야. 저기 높은 곳에서."

"농담하지 말고 제대로 얘기해 줘요."

"농담 아니야. 어제 차연 씨랑 얼마나 진지하게 얘기한 건데. 그렇죠?"

"며칠 전에 일영 씨가 보냈다는 메시지를 들었어요. 우영 씨가 별로 듣고 싶어하지 않던 그 메시지 말이에요. 메시지를 전부 듣고 나니까 기분이 이상해지더라고요. 아직도 잘 설명하기 힘든데……, 일영 씨가 여전히 살아 있다는 기분이 들어요. 죽었다는 걸 인정하기 싫다거나 미련이 남았다거나 그런 게 아니에요. 저기 공간 속에 살아 있구나, 아직 죽은 게 아니라 계속 우주를 돌아다니고 있구나, 그런 생각이 드는 거예요. 이상한 말이죠. 목소리만 들었을 뿐인데, 정말 가까운 곳에 있는 것 같거든요. 어머님이 쓰신 편지를 읽고 나서, 이 내용들을 일영 씨가 들을 수 있게 해 주고 싶었어요. 만약 일영 씨의 목소리가 우주를 떠돌고 있는 거라면 어머님의 글도 우주로 올려 보내면 되겠구나……, 이상한 얘기죠?"

세미는 송우영을 쳐다보았다. 송우영은 유리잔에 담긴 커피를 들여다보고 있었다. 송우영은 고개를 끄덕였다. 고개를 끄덕이면서도 유리잔에서 눈을 떼지는 않았다. 송우영의 고개가 흔들리면서 초점도 흔들렸을 것이고, 유리잔 속의 얼음도 흔들리는 것처럼 보였을 것이다. 송우영은 망설이다가 입을 열었다.

"이상한 얘기지만……, 어떤 기분인지 알 것 같아요. 고마워요, 세미 누나. 읽어 줘서."

"고맙긴. 편지 읽으면서 재미있었어. 편지를 참 잘 쓰시더라. 우리 우영이가 누굴 닮았나 했는데, 어머니를 닮았네. 이야기 구성력이 참 뛰어나. 하, 하."

"그거야 그렇지. 내가 어머니를 닮았지."

"그럼 스튜디오 빌린 값은 네가 내는 거다?"

"뭐야, 낸 거 아니었어?"

"외상으로 했지. 내가 요즘 돈이 어디 있냐. 직장 다니는 네가 내야지."

"아니에요. 세미 언니, 제가 낼게요. 제가 꺼낸 얘기잖아요."

"어허, 무슨 소립니까. 남의 동네 와서 함부로 돈 쓰고 그러는 거 아니에요. 차연 씨는 그런 생각을 해냈다는 것만으로도 자기 몫을 다한 거예요."

"궁금한 게 있는데요. 저걸 어떻게 쏘아 올리는 거죠?"

"민간 우주개발센터에 제가 아는 분들이 좀 있어요. 거기에 얘기하면 될 거예요."

"보고 싶네요. 하늘로 올라가는 모습."

"볼 수 있어요. 제가 준비되면 초대할게요."

송우영은 회사로 가기 위해 문을 나섰지만, 세미와 강차연은 자리에 앉아 계속 이야기를 나누었다. 송우영은 커피숍 밖에서 두 사람을 보았다. 어제까지는 잘 알지 못하던 두 사람이 정답게 이야기하는 모습을 보고 있으니 기분이 이상했다. 송우영은 혼자 상상했다. 두 사람은 어떤 이야기를 나눌까. 송우영은 창 밖에서 두 사람의 입 모양을 보았다. 어떤 이야기인지 알 수 없었지만, 떠오르는 이야기가 있었다. 상상할 수 있었다. 송우영은 주머니 속에서 노트를 꺼내고, 이야기를 적었다.

백퍼센트 코미디 클럽, 11월 12일

야구 좋아하세요? 전 아무리 봐도 룰을 잘 모르겠더라고
요. 방망이를 휘두르고 나서 도망치는 게임 맞죠? 야구는 정
말 남자들 게임인가 봐요. 원래 방망이 휘두르고 도망치는 게
남자들 하는 일이잖아요. 아시죠, 그 방망이? 야구방망이하고
는 비교도 안 되는, 작은 거 있잖아요. 며칠 전에 야구장에 갔
다 왔어요. 음, 왜냐하면, 야구장이 거기 있더라고요. 한번 가
봤죠. 남자 친구가 야구의 룰을 가르쳐 주겠다고 해서 따라
갔는데, 깜짝 놀랐어요. 야구장을 보는 순간 숨이 막히더라고
요. 야구 글러브 어떻게 생겼는지 알죠? 손에 끼는 거요. 야
구 글러브를 보는데, 아니 대체 그걸 왜 그렇게 만든 거래요?
갑자기 제 얼굴이 빨개졌어요. 아무도 그런 생각 안 하는 거

예요? 야구 글러브 보면 딱 그게 생각나지 않아요? 맙소사, 누가 뭐래도 여자의 성기 모양을 표절한 거잖아요. 야구장에 글러브가 막 떠다니는데, 난 더 이상 못 보겠더라고요. 너무 흥분되잖아요. 남자들 성기를 표절해서 야구방망이를 만들었다면 여자들 성기를 보고 글러브를 만든 게 분명해요. 야구 글러브를 만든 사람은 분명히 여자였을 거예요. 글러브를 만들어서 이런 이야기를 하고 싶었겠죠. "어이, 아저씨들, 방망이 휘두르는 거만 좋아하지 말고, 이렇게 이야기를 잘 받아주란 말이에요. 캐치볼 하면서 이야기하는 법을 배우라고." 제 생각에는 글러브를 보면서 자위행위를 하는 남자가 분명히 있을 거예요. 피칸을 보면서 자위하는 남자 얘기도 들은 적이 있는데, 야구 글러브는 당연하지 않겠어요? 남자들은 연상력이 좋아서 피칸이나 야구 글러브를 보면서도 자위를 할 수 있지만, 우리 여자들은 좀 다른 것 같아요. 특정 부위가 남자 성기처럼 보여도 막 흥분되진 않잖아요. 바나나를 보고 흥분하는 여자들이 있지 않느냐고요? 웃기는 소리 말아요. 그건 그냥 바나나가 너무 먹고 싶어서 그런 거예요. 가지나 오이나 바나나를 사면서 기죽을 필요 없어요. 마음껏 사 먹어요. 바나나가 남자의 성기처럼 보이려면, 바나나를 보고 흥분하려면 더 많은 이야기가 필요해요. 어떤 바나나인지, 바나나의 주인이 누구인지, 바나나는 어쩌다가 남자의 몸에서 떨어

져 나와 이렇게 혼자 있게 되었는지…… 사연이 필요하다고
요. 아니면 괴수 글러브와 미친 바나나의 대결, 뭐 이런 이야
기라도 필요하다고요. 미친 바나나가 갑자기 제 손으로 껍질
을 벗더니, 자기 껍질을 아래에다 깔고 미끄러지면서 엄청난
속도로 다가오는 거예요. 괴수 글러브는 놀라면서 뒷걸음질치
겠죠? 이런 미친 바나나가 뭐하는 짓이야? 괴수 글러브는 몸
에 있는 끈을 하나씩 풀어서 바나나를 향해 채찍질을 날립니
다. 흐물흐물해진 바나나가 날카로운 채찍을 맞고 싹둑, 반으
로 잘리면서……, 이런 스토리로는 흥분이 안 되는데……, 그
만할게요.

　야구장에 갔다 온 다음 날에는 우주선 발사장에 다녀왔어
요. 거기에는 더 큰 바나나가 있더라고요. 노랗지는 않고, 휘
지도 않았지만, 엄청난 크기로 발기된 바나나가 있더라고요.
발기돼서 세워져 있는 그걸 우주선이라고 부르더군요. 하늘
로 날아오르면서 껍질을 벗어던진대요. 우주선을 보다가 옆에
있던 남자 친구 바지춤을 봤는데, 뭐 애초에 비교가 힘들죠.
그렇게 큰 우주선이 제 속으로 들어오면 어떨지 잠깐 상상을
해 봤어요. 와우, 정말 우주를 나는 기분이겠죠? 제 몸이 블
랙홀이 되어서 전부 빨아들일 거예요. 우주선에서 메시지가
옵니다. "본부, 본부, 굉장히 깊은 굴로 들어가고 있는 것 같은
데, 사방이 점점 조여 들어오고 있다. 빠져나가긴 힘들 거 같

다." 내가 마이크를 뺏어서 이렇게 말할 겁니다. 내 말대로만 하면 빠져나갈 수 있다. 후진해라! 아니 전진! 아니 다시 후진! 아니 아니 전진! 반복한다, 반복한다. 후진하라. 우주선에서 다시 메시지가 날아듭니다. "본부, 목소리가 잘 들린다. 메시지를 반복하지 않아도 된다!" 아니, 메시지를 반복하는 게 아니다. 전진과 후진을 계속 반복하라는 얘기다. 그래, 그렇지. 그렇게 반복하라고. 조금씩 몸이 뜨거워지고 있다.

우주선 발사장에 가게 된 건, 사연이 좀 있어요. 한 남자가 우주에서 실종이 됐어요. 사고가 난 겁니다. 전화를 걸어도 받질 않아요. "에이, 우주에 나갈 때는 진동으로 해 놓으라니까, 소리로 해 놓으면 안 들리는 거 몰라?" 이러면서 계속 전화를 하는데도, 받질 않는 겁니다. 부재중 전화가 있는 걸 보면 늦게라도 연락이 올 법한데 전혀 소식이 없어요. 지구에는 남자의 어머니가 살고 있었어요. 어머니는 아들의 실종 소식을 듣고 곧장 짐을 쌌지만, 당연히 갈 수가 없죠. 어머니가 할 수 있는 일이라곤 편지를 쓰는 것뿐이었습니다. 종이에다 펜으로 꾹꾹 눌러 썼습니다. 며칠이 지나고 또 며칠이 지나고, 다들 이 남자가 죽었다고 생각했는데, 음성 메시지가 도착했어요. "띵동, 우주에서 수신자 부담으로 메시지가 도착했습니다. 받으시겠습니까?" 받지 않을 수가 없잖아요. 삐익, 수신자가 메시지를 거절했습니다. 우주를 5억만 년 떠돌다가 다시 메시지를 보내 주세요. 이럴 수는 없잖아요. 남자는 본부와 연락이 두절되자 죽음을 직감했고, 목소리로 유언장을 만들었습니다. 죽기 전에 자신의 이야기를 녹음한 거예요. 지구에 있는 어머니는 이미 죽은 다음이었죠. 엇갈린 운명의 장난이라고 해야 할까요. 실종된 남자의 여자 친구는, 지금부터 미스 강이라고 부를게요, 굿 아이디어를 떠올렸습니다. 어머니의 편지를 우주에 올려 보내기로 한 거죠. 녹음을 하고, 그 파일을 우주선에 실어서 올려 보내면 우주 어딘가에서 아들의 목소리와 만날 수 있다고 생각한 거죠. 말이 안 되는 것 같지만, 생각해 보면 말이 되잖아요. 외계인 이티를 생각해 보세요. 두 개의 손가락이 정확하게 만나는 것처럼 두 개의 목소리가 우주에서 랑데뷰를 하는 겁니다. 어머니, 왜 이제야 우주에 왔어요. 아들아, 나는 원래 문자였는데 목소리로 변환되어서 오느라고 좀 늦었구나. 괜찮아요, 어머니, 우주에서 행복하게 오래오래 살아요. 이런 해피엔딩이 있으려면 목소리를 우주선에 실어서 직접 올려 보내야죠. 그냥 목소리를 우주에다 쏘아 올릴 수도 있지만, 그러면 폼이 안 나잖아요.

어렸을 때 종이비행기 만드는 걸 좋아했어요. 옥상에 올라가 종이를 접은 다음 날려 보냈죠. 그런데 어느 날 종이에다 뭔가 적어서 날려 보내면 좋겠다는 생각이 든 거예요. 음, 뭐라고 적을까? 제발, 살려 주세요, 저는 지금 갇혀 있어요. 여기 주소는, 아아악, 살인자가 들어오고 있어요. 이건 좀 무섭죠? 아니면 행운의 편지를 써 볼까? 이 종이비행기를 받은 사람은 일곱 통의 편지를 종이비행기로 접어서 아무 데로나 날려 보내야 합니다. 미국의 케네디 대통령은 행운의 편지를 보내지 않아서 죽게 된 거 알죠? 행운의 편지로 만든 종이비행기를 일곱 개 만들지 않으면 당신은 평생 비행기를 탈 수 없게 됩니다. 이 생각 저 생각 하다가 결국 거기에 재미난 걸 적어서 보내자는 결론을 내렸죠. 편지지에다 매일 재미난 이야기를 써서 날려 보냈어요. 썰렁한 이야기도 많았지만 가끔 재미있는 이야기도 있었죠. 코미디언 세미는 그렇게 탄생한 거예요. 비행기에 실어서 보낼 코미디를 생각하다가 이렇게 훌륭한 코미디언이 된 겁니다. 어쩌면 종이비행기를 열어 본 사람도 있지 않을까요? 그래서 환하게 웃지 않았을까요?

우주선이 하늘로 날아가는 걸 보고 솔직히 조금 감동을 받았어요. 무척 멋지더라고요. 와우, 나도 저렇게 커다란 종이비행기를 날리고 싶어. 우주선 표면에다 행운의 편지 내용을 쓰면 좋겠다. 이 우주선은 지구에서 시작되어 수많은 지구인에게 행운을 주었고, 지금은 우주에 있는 당신이 메시지를 보게 되었습니다. 당첨 축하드려요, 외계인 님아. 당신은 지금부터 이 메시지 일곱 통을 주변의 행성들에게 보내 주셔야 합니다. 당신이 어떤 외계인인지는 모르겠지만 복사기 같은 건 거기 있죠? 복사를 하든 복제를 하든 그건 뭐 알아서 하시고요. 미국의 케네디 대통령이라는 사람이 있는데 이 편지를 받았지만 그냥 무시했어요. 어떻게 됐는지 궁금해요? 9일 후에 암살을 당했어요. 무시무시하죠? 지구를 우습게 보면 그렇게 됩니다. 지금 빨리 행운의 편지를 주변에 있는 별들에게 돌려요. 그래야 은하계가 행복해질 겁니다. 행운의 편지를 외계인이 보면 감동받지 않겠어요? 아, 지구인들은 참 다정다감하고, 우주를 끔찍하게 위하는구나. 우주선은 불을 뿜으면서 날아가는 용 같았어요. 불을 똥구멍으로 뿜는 게 좀 다르긴 하지만 그만큼 멋졌어요. 그 안에 실종된 남자의 어머니가 쓴 편지를 녹음한 파일이 들어 있었어요. 미스 강이 저하고 친한 사이라서 저도 뭘 좀 넣을 수 있게 해 줬는데요, 우주에 상자 하나 보내는 데 생각보다 돈이 많이 들거든요. 빈 공간을 남겨 두면 아깝잖아요. 조디 포스터가 했던 유명한 영화 대사가 있잖아요. 우주로 보내는 박스가 있는데, 거기에 어머니의 녹음 파일만 있다면 그건 엄청난 공간의 낭비가 아니겠니? 박스에 제 코미디 파일도 좀 넣었어요. 외계인들 웃기는 게 제 평생의 꿈이었거든요. 한 5억만 년 후에는 외계인들도 제가 얼마나 웃기는 여자였는지 알게 되겠죠.

은하수를 한번 자세히 보세요. 엄청나게 잘 보이는 망원경으로 찍은 사진 있잖아요. 뭐가 떠올라요? 음부가 떠오르지 않아요? 야구 글러브 말이에요. 전 이게 우주의 섭리라고 생각해요. 우주를 만든 사람도 분명히 여자였을 거예요. 우주는 우리의 메시지를 기다리고 있는 거예요. 우리가 말 걸기를 기다리고, 우리하고 캐치볼 하길 기다리고 있는 거예요. 우리는 야구방망이로 계속 주변 사람들을 두드려 패고 있는데, 전쟁이나 하면서 곡식을 축내고 있는데, 우주는 우리가 대화하기를 바라고 있어요. 우주선이 성공적으로 발사된 걸 보고 나서 남자 친구, 미스 강, 그리고 저, 이렇게 셋이서 술을 한잔 마셨어요. 미스 강은 울지 않았어요. 우주선이 날아가는 걸 보고 기분이 좋았대요. 저한테 이렇게 묻더군요. "세미 언니, 사람은 죽으면 어떻게 되는 걸까요?" 내가 이렇게 대답해 줬죠. 어떻게 되는지는 모르겠지만, 자신이 제일 좋아하는 부위만 남고 나머지는 모두 사라졌으면 좋겠어. 나는 입만 살아남아서 계속 떠들었으면 좋겠어. 그래야 5억만 년 후에 코미디의 진가를 발견하러 온 외계인도 만날 수 있을 거 아냐. 나머지는 뭐 없어져도 상관없지. 미스 강은 저한테 그러더군요. "그럼 나는 엉덩이만 남아 있게 되겠네. 히히, 난 내 엉덩이 좋아하거든." 술 취해서 한 소리지만, 저는 고개를 끄덕였어요. 정말 탐스러운 엉덩이거든요. 미스 강, 언젠가 내가 정복하고 말 거야. 남자 친구한테도 물어봤더니 뭐랬는 줄 아세요? 아, 참고로 제 남자 친구도 스탠드업 코미디언이에요. 저보다 웃기지는 않지만, 서 있는 건 잘하더라고요. 남자 친구가 그랬어요. "음, 내가 했던 웃긴 농담만 남고 내 몸과 마음과 정신은 전부 사라지면 좋겠어. 내 농담이 전 우주를 떠돌고 있으면 얼마나 기쁘겠어." 제가 뭐랬는 줄 아세요? 남자 친구야! 넌 웃긴 농담 하나도 못 했잖아. 그럼 완전히 사라지는 거야. 빨리 하나라도 성공해 봐.

오늘은 특별한 날이니까, 인사를 좀 해야겠어요. 자, 전부 위를 올려다보세요. 술집의 더러운 천장밖에 안 보이겠지만, 하늘이 보인다고 상상하세요. 보이죠? 야구 글러브 닮은 은하수도 보이고, 별들도 보이고, 우주정거장도 보이죠? 목소리만 남은 두 분, 거기서 행복하시라고 박수 좀 쳐 드립시다. 좋아요, 잘하셨어요. 돌아가실 때 꼭 밤하늘 보세요. 오늘은 특히 아름다울 겁니다. 지금까지 저는 세미였고요, 행복한 밤 보내세요.

작가의 농담

　반갑습니다. 『나는 농담이다』를 쓴 소설가 김중혁입니다. 소설을 끝까지 다 읽은 분들, 특히 서점에서 책을 구입해 끝까지 다 읽은 분들에게 에이플러스 박수를 쳐 드리겠습니다. 서점에서 선 채로 소설을 다 읽은 분이나 도서관에서 빌려본 분들, 친구에게 빌려서 다 읽은 다음 돌려주지 말아야겠다고 마음먹은 분들, 은행이나 미용실에 구비되어 있던 책을 읽은 분들, 길에서 이 책을 주웠는데 이건 또 뭔가 싶어 들여다보다가 순식간에 다 읽어 버린 분들에게도 박수를 보냅니다. 브라보! 어려운 일을 해낸 겁니다. 읽기 힘들었을 텐데 말이죠. 이 소설에는 대략 2만 5천 개의 단어가 들어 있으니 어휘력이 부쩍 좋아진 걸 몸으로 느낄 수 있을 겁니다. 밖에 나가서 한번 시험해 보세요. 아무나 붙들고 농담을 걸어 보세요. 분명히 먹힐 겁니다. "헤이, 아저씨, 정액이 왜 회백색인 줄 아세요?" 이런 말을 건네 보세요. 뒷일은 책임지지 못하지만 재미난 일이 벌어질 겁니다.

소설을 다 쓴 작가에게는 작가의 말을 쓰라는 출판사의 압력이 시작됩니다. 웃기는 일이에요. 왜냐하면 더 쓸 게 없거든요. 완전 탈탈 털어서 내놓았는데 뭘 더 쓰라는 거예요. 주머니를 다 뒤져 놓고는 "지금부터 털어서 나오면 100원에 한 대씩."이라고 말하던 옛날 불량배들 같잖아요. 작가의 말 없이는 책을 못 낸다고 하니까 작가는 그때부터 몸을 쥐어 짜기 시작해요. 신발 밑창에 숨겨 뒀던 비상금도 꺼내야 하고, 속옷 틈에다 꿰매 두었던 쌈짓돈도 다 털어야 해요. 신기한 건, 그렇게 털면 또 나온다는 겁니다. 털어서 먼지 안 나오는 사람 없듯 털어서 작가의 말 안 나오는 작가가 없어요. 마라톤 완주를 막 끝냈는데, 스태프가 와서 이렇게 말하더라고요. "작가님, 여기서 이러시면 안 되고요, 10킬로미터 더 달려야 진짜 골인 지점이 나옵니다. 작가의 말을 끝내야 책을 내 드릴 수 있어요." 뭔 소리야. 처음엔 그런 말 없었잖아. "작가님, 당연한 거 아닙니까? 그건 작가의 기본이에요." 기본이 안 되어 있는 작가가 되고 싶진 않으니까 저는 또 하는 수 없이 달립니다.

소설을 쓰는 건 재미있는 일입니다. 소설 속에서는 제가 짱이에요. 이 바닥에서는 제가 신입니다. "무엇이든 생겨나라."고 소리치면 존재합니다. "누구든 생겨나라!"라고 소리치면 존재합니다. 아, 물론 소리만 쳐서는 안 되고 제가 직접 타이핑을 해야 하지만 그 정도 수고는 감수할 수 있죠. 문자로 신이 될 수 있는데 말이죠. 이 세상이 거대한 소설 같다는 생각 해 본 적 없으세요? 하나님이 이 세상을 집필하고 계실지도 모릅니다. 하나님이니까 아래한글은 안 쓰실 것 같고, MS워드 같은 것도 싫어하실 것 같고, 제가 쓰는 스크리브너도 하나님이 쓰시기엔 기능이 부족할 것 같아요. 우주에 어울리는 소설 창작 프로그램이 있지 않을까요? 복사하고 붙여 쓰는 기능 같은 건 완전 껌일 겁니다. 어쩌면 자동 완성 글쓰기 같은 게 기본 장착되어 있을 거예요. 매크로 기능 같은 것으로 지구 하나쯤은 뚝딱 만들어 내시겠죠. 하나님은 어떤 스타일의 작가일까요. 스타일과 상관없이 작가라면 대부분 비슷할 겁니다. 글이 잘 안 써지면 괜히 다른 은하계에 가서 산책도 하고, 우주 관리 시뮬레이션 게임도 하고, 별들 사이에 공을 집어서 핀볼 같은 것도 할 겁니다. "아, 유럽을 저렇게 나누는 건 완전 플롯상의 실수였어. 영국을 다시 붙여 놓을까? 아니면 이 기회에 전부 다 분리시켜 버릴까?" 그렇게 괴로워하면서 행성 쇼핑 같은 걸 하시겠죠. 잘 안 써져도 어떻게든 좀 더 힘을 내 주시면 좋겠다는 생각을 자주 합니다. 요즘 지구에서 펼쳐지는 소설이 완전 막장이거든요.

하나님 모독은 그만하고, 제 이야기를 좀 해 보겠습니다. 이 바닥에서는 제가 짱이지만, 제 위치를 유지하는 데는 노력이 필요해요. 자료 조사도 해야 하고, 사람들 만나서 의견도 듣고, 카페 같은 데 가서 다른 사람들은 대화를 어떻게 하는지도 들어 봐야 하고, 좋은 책도 계속 봐야 합니다. 주인공들 상담도 해 줘야죠. 주인공은 왜 그렇게 늘 불만이 많을까요? 하루는 저한테 와서 "어이 형씨, 내가 갑자기 여기서 밥을 먹는 게 말이 된다고 생각해? 내가 지금 얼마나 슬픈데……, 밥이 넘어가겠어?" 이러면서 항의를 하더라고요. 그럼 어떻게 하면 좋겠어? 계속 굶긴 다음에 병원으로 보내 줘? 그럼 속이 시원하겠어? "그건 그렇다 치자고. 그런데 말이야……, 무엇보다……, 여자 등장인물이 너무 없잖아." 그래 그건 미안하게 됐는데, 조금만 기다려 보라고. 하나님도 남자와 여자를 만드는 데 약간의 시간 차를 뒀다는 거 알잖아. 상담을 마친 주인공들은 조용히 물러가요. 그런 다음에 자기들끼리 노조를 만들어서는 이런 메시지를 보내옵니다. "우린 앞으로 이렇게 행동할 거니까 따라올 테면 따라오고, 그게 힘들면 소설을 중단해." 제가 힘이 있나요. 주인공들이니까 하자는 대로 해야죠. 소설만 잘 끝낼 수 있다면 뭐든 양보할 수 있어요.

상담만큼 중요한 게 자료 조사예요. 『나는 농담이다』를 쓰려고 우주 관련 책을 몇 권이나 샀는지 모릅니다. 소설을 다 읽어도 "자료 같은 거 하나도 참조하지 않고 쓴 소설 같네?"라고 이야기할지 모르지만 저는 틈만 나면 서점으로 달려갔어요. 세상에, 우주 관련 책은 왜 이렇게 많은 겁니까? 우주 관련 책은 우주만큼 많다는 얘기라도 듣고 싶은 거예요? 어디선가 내용을 베낀 다음에 편집한 책도 많고, 아예 시작부터 쓸모없는 책도 많아요. 그런 책들은 나중에 제가 싹 다 재활용해 버릴 거예요. "하하, 본전 생각이 날 거니까 나를 버리지는 못할 거야. 헌책방에 팔 수밖에 없을걸?" 이렇게 세상을 쉽게 보는 책들을 몽땅 폐지수거함으로 보낼 거예요. 그제야 자신들의 잘못을 뉘우치겠죠. 조각조각이 되어 흩날리면서 서로의 페이지를 하염없이 바라보겠죠. 이봐, 늦었어.

스탠드업 코미디도 많이 봤습니다. 처음에는 재미있어서 보다가 소설을 마무리 지을 때쯤에는 혹시 내가 쓴 내용하고 비슷한 게 있을까 봐 계속 찾아봤죠. 비슷하다면 전부 비슷하고, 비슷하지 않다면 하나도 비슷하지 않은 수많은 코미디들이 세상에 널려 있습니다. 코미디를 하도 많이 봐서 어지간한 얘기로는 웃지 않을 줄 알았어요. 그런데 웬걸, 전보다 더 많이 웃고 있습니다. 웃음도 배우는 겁니다. 웃음도 느는 겁니다. 한번 웃기 시작하면 더욱 웃긴 상황을 계속 상상해 낼 수 있어요. 심각한 생각은 한쪽에 잠깐 치워 두고, 팔짱을 풀고 웃어 보세요. 팔짱 긴 채 웃고 싶은 사람들은 손가락으로 자기 겨드랑이를 간지럽혀 보세요. 이미 따라하고 있는 당신이 정말 웃긴 사람입니다. 이젠 진짜 끝낼 때가 됐네요. 모두에게 마지막 인사를 보냅니다. 소설 속 주인공들에게도, 여러 가지 경로로 이 책을 읽은 분들에게도 인사를 보냅니다. 소설은 소설일 뿐이라지만 그렇게 간단한 문제가 아닙니다. 분명히 꿈에 이일영이 나타날 겁니다. 세미의 공연을 보러 가고 싶어질 겁니다. 송우영과 강차연은 어떻게 살고 있을지 궁금할 걸요. 마라톤 스태프의 비명이 들려오는 것 같네요. "작가님, 10킬로미터만 더 달리라고 했더니, 왜 30킬로미터나 더 달리는 겁니까? 작가의 말이 왜 이렇게 길어요?" 어쩌겠어요. 손가락이 수다스러운 걸. 지금까지 얘기한 건 작가의 말이 아닙니다. 작가의 농담이에요. 여기 적힌 모든 게 진짜라고 믿지 마세요.

송우영이 농담 속에서 살아간다면, 저는 소설 속에서 살아갈 겁니다. 문자와 문장과 문단 사이에서 죽치고 있을 작정이고, 절대 나가지 않을 겁니다. 물음표의 곡선에 기댄 채 잠들 때도 있고, 느낌표에 착 달라붙은 채 서서 잠들 때도 있을 겁니다. 마침표는 제가 들어가기에는 좀 작을 거 같지만, 문단과 문단 사이에서는 충분히 쉴 수 있을 겁니다. 여기서 살 수 있어 즐겁습니다. 다음 소설에서 다른 모습으로 찾아오겠습니다.

2016년 여름

김중혁

오늘의
젊은 작가
12

나는 농담이다

김중혁 장편소설

1판 1쇄 펴냄 2016년 8월 26일
1판 12쇄 펴냄 2022년 10월 27일

지은이 김중혁
발행인 박근섭·박상준
펴낸곳 (주)민음사

출판등록 1966. 5. 19. 제16-490호
주소 서울시 강남구 도산대로1길 62(신사동)
      강남출판문화센터 5층(06027)
대표전화 02-515-2000 | 팩시밀리 02-515-2007
홈페이지 www.minumsa.com

ⓒ김중혁, 2016. Printed in Seoul, Korea

ISBN 978-89-374-7312-8 (04810)
ISBN 978-89-374-7300-5 (세트)

당신이 소장해야 할 한국문학의 새로움, 오늘의 젊은 작가 시리즈